LA THÉORIE DES SIX

Après avoir été grand reporter à France Inter et France Info, réalisateur, directeur des programmes de Paris Première et RTL, Jacques Expert est entré dans le monde des écrivains du noir il y a une dizaine d'années avec *La Femme du monstre*. Il se consacre désormais à l'écriture de romans et de scenarii. Il est l'auteur de plus d'une quinzaine de polars couronnés de succès et plusieurs fois adaptés en films et séries.

Paru au Livre de Poche :

ADIEU

CE SOIR JE VAIS TUER L'ASSASSIN DE MON FILS

DEUX GOUTTES D'EAU

LA FEMME DU MONSTRE

HORTENSE

LE JOUR DE MA MORT

NE NOUS QUITTONS PAS

PLUS FORT QU'ELLE

QUI ?

SAUVEZ-MOI

TU ME PLAIS

JACQUES EXPERT

La Théorie des six

ANNE CARRIÈRE

ISBN : 978-2-253-12870-0 – 1re publication LGF

Prologue

Dimanche, 22 h 18.

Je déteste prendre le métro le dimanche soir à la station Convention. Je crois qu'il n'y a rien de plus triste au monde. Il faut attendre des heures sur un quai totalement silencieux en observant de loin les rares voyageurs qui vous regardent en coin. À cette heure tardive, il n'y a malheureusement jamais de jolies femmes seules. Elles font mon ravissement aux autres heures de la journée, même si je n'arrive que rarement à accrocher leur regard. Je me contente de les regarder et de les trouver belles et désirables. D'imaginer qu'elles seraient très heureuses à mes côtés.

De rares éclats de voix venus d'on ne sait où troublent parfois le silence glauque des couloirs et des quais désertés. Au loin aussi, des bruits de trains qui ne sont pas pour vous. Enfin vient le soulagement, avec le vacarme assourdissant de l'arrivée de la rame où l'on monte en hâte, presque par réflexe, et où des yeux indifférents vous suivent jusqu'à votre banquette. Faut-il être bien seul dans la vie pour prendre la ligne 12 qui monte vers la porte de la Chapelle, le dimanche soir !

Dans cette lumière trop crue, un grand Noir en gandoura s'assoit en face de moi à la station Falguière, posant à ses côtés sur la banquette deux sacs en plastique contenant des chaussures usagées. D'ordinaire, j'aurais changé de place car je ne supporte pas l'odeur puissante des Noirs, chargée d'un parfum épicé. Je ne bouge pas parce que, entre les stations Rue du Bac et Solférino, je le remarque à peine. L'esprit ailleurs.

Je préfère sentir le contact de la lame glacée le long de ma cuisse droite. Et ignorant ce grand Noir, je n'ai en tête que le souvenir du plaisir que je ressens au plus profond de mon être quand j'enfonce dans un corps la pointe bien effilée de mon couteau. C'est rapide, fin et précis quand le geste est bien effectué. Je goûte particulièrement l'instant où la lame commence à s'enfoncer et traverse la première couche de vêtements, que rien ne semble lui résister et qu'elle pénètre sans peine parce que le coup est porté avec force, mais pas trop. Ces quelques secondes où l'on connaît la perfection d'avoir touché un point si précis qu'aucun obstacle ne peut empêcher la lame de s'enfoncer jusqu'à la garde. On a l'impression qu'elle glisse entre les tissus et les muscles dans un murmure soyeux. Oui, c'est bien le mot, soyeux…

Moi, j'aime bien laisser le couteau enfoncé quelques secondes, le temps de voir le sang commencer à gicler sur mes doigts, puis, selon mon humeur du moment, je retire la lame d'un geste brusque, ou bien très doucement, mais toujours de façon rectiligne afin que la plaie, une fois nettoyée, soit bien nette et régulière. Une coupure de quelques centimètres à peine, que le légiste étudiera ensuite avec soin.

Bien sûr, je recommande de ne pas avoir peur d'investir dans un bon couteau. Évitez l'Opinel et les autres saletés de ce genre, car il se pourrait que la lame se casse et vous laisse comme un imbécile, avec le seul manche en main. Vous n'auriez alors d'autre solution que d'achever la victime en lui tordant la nuque, alors que sa poitrine n'est qu'une écœurante mare de sang. C'est très humiliant pour quelqu'un comme moi, qui apprécie la belle ouvrage. « Ce qui mérite d'être fait doit être bien fait », disait ma maman.

Le changement à Concorde est interminable, avec ce long couloir balisé de publicités pour des spectacles que je ne vais jamais voir et des offres promotionnelles qui ne m'intéressent pas. Il y a exactement 167 pas entre la sortie de la ligne 12 et l'entrée sur le quai de la ligne 1.

En entendant approcher mon métro, j'accélère le pas et je débouche en courant sur le quai, mais je m'aperçois aussitôt de ma méprise, c'est le train en direction de la Défense qui vient d'arriver. De l'autre côté de la voie, un jeune couple a surpris mon irritation et s'amuse de mon erreur. Je me sens un peu idiot et je fuis leurs regards qui ne me lâchent pas. Je leur tourne le dos pour consulter le plan du métro, le temps que j'entende s'éloigner leur rame. Pour avoir si souvent emprunté ce trajet depuis que je n'habite plus chez ma maman, je n'ai pas besoin du plan pour savoir qu'il me reste encore dix stations avant d'arriver à destination.

Dimanche, 22 h 52.

Pour arriver chez moi, rien de plus facile : sur la ligne 1 il faut sortir à Nation en tête de train, prendre la sortie Avenue du Trône – c'est bien indiqué – et une fois dehors, suivre la rue Picpus et prendre la deuxième à droite. J'habite au numéro 40, un immeuble au crépi blanc comme il y en a tant à Paris. Depuis peu, la copropriété a fait poser un digicode, le chiffre 1912 (année de construction du bâtiment) suivi de la lettre B.

Pour sortir du métro, je suis obligé d'écarter les gens retenus au pied de l'escalier de 22 marches par la pluie d'orage qui tombe dru sur le quartier. À Paris, on monte à Convention par temps sec et on sort à Nation sous la pluie !

Les grosses gouttes de l'orage d'été ruissellent sur mon visage. Mais ce soir, pour la fin de cette histoire, j'apprécie cette pluie qui s'insinue partout sous mes vêtements, cette lumière jaunâtre de l'éclairage urbain, ces rares voitures qui passent, anonymes, enveloppées dans un nuage humide.

J'ai fait 109 pas dans les couloirs du métro et 527 pour arriver chez moi.

Il est bientôt demain, la rue est déserte, mon petit immeuble de six étages est totalement éteint, tellement plongé dans le noir que, lorsque j'appuie sur l'interrupteur de l'entrée, j'ai l'impression que je vais les réveiller tous. J'ôte mes chaussures pour grimper au troisième le plus silencieusement possible. Je n'ai pas envie de leur gâcher le sommeil alors qu'ils auront demain une journée particulièrement agitée, une journée comme ils n'en ont jamais connu dans leur vie ordinaire, croyez-moi. Sauf peut-être les plus âgés qui ont connu la dernière guerre. Mes voisins sont pour la plupart des retraités, dont quelques veuves très gentilles qui se couchent tôt et ont besoin de leurs huit heures de sommeil. C'est du moins ce que je pense.

J'ai une simple serrure et une grosse clef un peu encombrante.

Je suis enfin chez moi, un deux pièces avec la chambre au fond. J'ai décoré les murs du salon avec des tableaux naïfs, rapportés pour une bouchée de pain d'un voyage de quinze jours en République dominicaine, il y a deux ans. Un bonheur, ces vacances dans un hôtel quatre étoiles, un peu en retrait de la plage. Dans ce pays exotique, il y a plein de filles toutes plus jolies les unes que les autres, qui rêvent de vous épouser et qui ne vous quittent jamais. Si on le désire, elles couchent avec vous sans qu'on ait besoin d'insister ou même de demander. Elles sont toutes à vous pendant le séjour, si belles et si dociles. Elles sont en larmes quand on les quitte en leur laissant quelques dizaines de dollars. Je n'ai malheureusement pas eu l'occasion d'y retourner comme je l'avais promis à Angélina, qui m'écrit qu'elle m'aime et qu'elle veut vivre avec moi *por la vida*. La brave fille !

J'accroche ma veste de cuir toute mouillée au portemanteau dans l'entrée, en faisant bien attention à ce que l'humidité ne souille pas les autres vêtements suspendus. Je l'essuie avec une éponge, comme me l'a appris maman. « Le cuir et l'eau n'ont jamais fait bon ménage », avait-elle coutume de dire à juste raison. Je pose mes souliers sur le carrelage de la kitchenette, enfile les babouches marron rapportées de mes dernières vacances à Hammamet en Tunisie (entre parenthèses, vous vous doutez bien que je les ai beaucoup moins appréciées que la République dominicaine), puis je me dirige vers la chambre dont la porte est restée ouverte. Le lit est fait et la pièce bien rangée. J'ai toujours été un garçon très ordonné.

Je sors de ma poche une photo que j'épingle dans un petit rectangle où est inscrit le chiffre 2 au stylo rouge. J'y pose un baiser affectueux. C'est seulement après que je regarde une à une les cinq photos épinglées au-dessus de mon bureau, que des flèches rouges relient les unes aux autres jusqu'au dernier rectangle vide portant le chiffre 1. Cet ultime rectangle qu'il me reste maintenant à couvrir.

Puis je m'installe dans la cuisine pour aiguiser patiemment la pointe de mon couteau, avec soin.

La théorie des six

Quelques mois plus tôt

1.
À la découverte de Marseille

Même en plein mois de janvier, Marseille est une destination très agréable, d'autant que j'avais quitté Paris sous le froid et la pluie. Question météo, il y a bien deux France : celle du nord et celle du sud.

J'étais arrivé le samedi en fin de matinée par le TGV. Je ne m'étais jamais rendu auparavant dans la « cité phocéenne », et j'avais profité de cet après-midi ensoleillé et doux pour découvrir le quartier du Vieux Port et monter jusqu'à Notre-Dame-de-la-Garde dont j'avais beaucoup entendu parler. J'avais pu y admirer les décorations de marbre et les mosaïques, avant de me mêler aux touristes qui jouissaient de la vue impressionnante sur la capitale de la Provence, en me laissant caresser par le soleil de la fin de journée.

À Marseille, on se doit de manger de la bouillabaisse. C'est ce que j'avais fait, en accompagnant le plat d'un pichet de rosé de Provence, dans un restaurant du quai des Belges dont j'ai malheureusement oublié le nom. Après le dîner, je n'avais qu'une hâte : retrouver ma chambre au *Sélect Hôtel*, près de la gare Saint-Charles, et dormir. Mais avant, il fallait que je procède à un repérage, car j'avais prévu d'agir le lendemain soir et j'avais retenu ma place dans le premier train du lundi.

J'avais donc arpenté les rues autour de la gare, repoussant les propositions de prostituées qui ne me plaisaient pas, et avais pénétré dans un peep-show où j'avais regardé se trémousser une fille maghrébine du nom de Fatima (cela ne s'invente pas…) à laquelle j'avais laissé un euro de pourboire. Je pouvais bien lui offrir ce petit supplément car la soirée avait été fructueuse : au hasard de ma promenade, j'avais repéré plusieurs clochards qui dormaient seuls sous des porches d'immeubles ou des devantures de magasins. Victimes idéales, ils avaient choisi pour cuver leur vin des coins isolés dans des rues sombres. Ivres, la plupart dormaient déjà à côté d'une bouteille de mauvais vin rouge. Quelques-uns m'avaient réclamé une pièce que j'avais glissée dans leur main sale, et j'avais pu tous les observer longuement. Des hommes sans âge, au passé oublié. J'étais rentré à l'hôtel un peu avant 2 heures du matin, avec la certitude que je ne m'étais pas trompé. Ce quartier misérable de Marseille était truffé d'hommes à l'identité perdue, de pauvres malheureux totalement inconnus de moi, échoués dans cette ville où, j'insiste, je ne m'étais jamais rendu auparavant. C'était exactement ce que j'étais venu chercher.

J'étais trop excité pour trouver le sommeil. Nu, assis sur le bord du lit, j'avais encore une fois aiguisé la lame de mon couteau en visionnant un film érotique sur le circuit interne de l'hôtel. Le poignard était tellement coupant que j'avais saigné rien qu'en posant l'index sur la pointe. Depuis tout petit, je sais que le sang a bon goût.

2.

Il s'appelle Vincent

Le lendemain matin, ce fut vraiment agréable d'être réveillé par la lumière d'un petit soleil d'hiver qui s'infiltrait entre les rideaux imprimés de la chambre. Il était 7 h 30 seulement mais, pour la première fois depuis bien longtemps, je traînai au lit un bon moment, juste pour le plaisir de ne penser à rien, de me laisser caresser par cette douce chaleur. J'avais tant paressé (ce qui ne me ressemble guère) que j'avais raté l'heure du petit déjeuner, car dans ces hôtels deux étoiles, ils ne servent pas après 10 heures. Mon estomac, comme disait ma maman, « criait famine » !

J'avais attrapé mon poignard dissimulé sous l'oreiller et je l'avais glissé dans mon pantalon. J'aimais rôder en sentant le contact de la lame glaciale le long de ma cuisse droite. Je portais toujours mon arme de ce côté-là.

J'étais sorti à la recherche du bon petit restaurant de poissons indiqué dans mon *Guide du Routard*. Il y a toujours des bons plans et je lui fais confiance les yeux fermés. Je recommande ce guide qui permet d'échapper aux pièges à touristes si nombreux sur la Côte, et précisément à Marseille, une ville qui pue l'arnaque à plein nez. Vous pouvez me croire, je repère de loin les arnaqueurs qui attendent le gogo les bras ouverts et le sourire aux lèvres ! J'avais donc fait confiance à mon guide et je n'avais pas été déçu : la tranche de mérou grillé, dégustée en terrasse, était délicieuse. Je l'avais accompagnée d'un carafon de rosé de Provence que j'avais terminé tranquillement en regardant passer les gens, et surtout, je peux le reconnaître, les jeunes filles aux décolletés avantageux. C'est dingue : dès qu'il y a un peu de soleil, les filles se mettent à moitié nues… Je voyais bien que le serveur était pressé de me voir déguerpir afin que je libère ma place en terrasse. Mais j'étais si bien que j'avais fait durer mon plaisir en commandant un café et encore un autre, puis un troisième. J'avais ainsi tenu la table pendant trois heures pleines, tout occupé à lire *L'Équipe*, mon journal favori.

Le lendemain, dans le train de retour sur Paris, j'avais écrit au *Routard* pour leur indiquer que, si la cuisine était parfaite, le service n'était pas à la hauteur. J'espère, si c'est un guide sérieux comme je le crois, qu'ils ont tenu compte de mes remarques détaillées et que ce serveur peu aimable, dont j'ai donné une description très précise, s'est fait taper sur les doigts.

Donc, mis à part le serveur et ses remarques désobligeantes, j'avais passé un après-midi tranquille et très plaisant. J'avais même pris quelques couleurs au soleil. En revanche, dès que la nuit était tombée, j'étais vite rentré à l'hôtel de peur de prendre froid.

J'avais, par précaution, avalé un demi-cachet du calmant que me prescrivait mon médecin traitant, le Dr Boulanger. Il me suivait depuis que j'étais tout petit et savait calmer, grâce à cet excellent médicament, mes crises d'angoisse. Enfant, j'étais très angoissé, mais j'avais appris, en grandissant, à me contrôler. Je ne sais si c'était l'effet du tranquillisant, mais je ne ressentais aucune appréhension, aucune nervosité, quand j'avais quitté l'hôtel un peu après 20 heures. C'est à peine si je sentais le poignard que j'avais glissé entre mon jogging et ma peau, maintenu verticalement par la ceinture, glacial et rassurant.

— Le thermomètre va descendre à zéro, cette nuit, m'avait gentiment averti le gardien qui venait de prendre son service.

— La journée a été tellement belle, lui avais-je répondu.

Il avait noté que j'étais parisien. Cela tombait bien puisque ce soir l'OM jouait au Parc des Princes contre le PSG, mon équipe. Malheureusement, avait-il regretté, l'hôtel n'avait pas Canal+ et il écouterait le match à la radio. Les deux équipes étaient dans une mauvaise passe mais il était prêt à parier que les Marseillais allaient l'emporter. J'avais relevé le défi et je lui avais proposé 10 euros, pari qu'il avait fait monter à 15, en précisant :

— À deux contre un puisque l'OM joue chez vous.

J'avais tiqué pour la forme, avant d'accepter, et il avait tenu à me taper dans la main. Je l'avais encore entendu me souhaiter une bonne soirée, un peu ironiquement, mais j'étais déjà dehors, saisi par un petit vent froid. J'avais aussitôt pris à droite vers les quartiers de la gare et je m'étais arrêté chez un épicier arabe pour acheter une bouteille de mauvais bordeaux à 3,25 euros.

Ce soir-là, je n'avais que l'embarras du choix car le froid avait déjà cloué tous ces malheureux dans leurs abris de fortune. J'avais épargné ceux qui dormaient dans une artère passante, les vieux et les trop jeunes, soit une bonne vingtaine de clochards, tous plus sales et avinés les uns que les autres. Il me fallait un homme dans la force de l'âge.

Je le trouvai enfin sous un porche, rue Villeneuve. Il m'avait interpellé de loin en réclamant une pièce de 1 euro ou un Ticket-Restaurant. Il avait d'abord été surpris de me voir approcher. Je m'étais assis à côté de lui malgré son odeur repoussante.

— D'habitude, les gens se barrent… s'était-il contenté de commenter. Puis il avait terminé une boîte de miettes de thon sans prononcer un mot.

— Alors, tu me le donnes, mon euro ?

J'avais posé la pièce et la bouteille de vin devant lui. Le pauvre diable avait eu un léger mouvement de recul et j'avais dû le rassurer :

— Je ne suis pas homosexuel, monsieur. Je veux seulement discuter un moment. Soyez rassuré.

— Je préfère ça ! Les tantouzes, je leur pète la gueule, moi !

— Buvez un coup, ça réchauffe, l'avais-je encouragé.

J'avais bu le premier au goulot avant de lui tendre la bouteille, dont il avait avalé presque la moitié d'une seule traite. Du vin s'était échappé de sa bouche, salissant son écharpe brune.

— T'en veux encore ? m'avait-il demandé en tendant la bouteille.

— Non, gardez le reste.

— T'as pas une autre pièce ?

J'avais à nouveau posé un euro.

— T'es un gars sympa, toi !

Il avait encore avalé une rasade, sans se tacher, cette fois. Puis il avait posé la bouteille juste derrière lui, hors d'atteinte. Il m'avait pris à témoin :

— C'est la dèche, hein ? Tu sais, j'ai pas toujours été comme ça.

Voilà ce que j'étais venu chercher.

— Comment vous appelez-vous ?

— Vincent, c'est le prénom. Mon nom, je ne sais plus. Avant j'étais un monsieur. T'en doutes ?

— Non. Vous avez tous été des hommes, avant. Avant de devenir des résidus de la société, des bons à rien. Des bons à picoler. Et t'en sortiras jamais de ta déchéance. Comme les autres, vous êtes tous des pouilleux !

Cela avait été plus fort que moi, j'avais soudain eu envie de lui faire mal, de le tutoyer car le tutoiement est très humiliant, d'être méchant avec ce malheureux. En le rudoyant, j'avais pris le risque qu'il se rebelle et m'envoie balader, qu'il rompe le contact, ramasse ses pièces et s'accroche à sa bouteille. Alors, comme je voulais que les choses se passent gentiment, je l'aurais sans doute épargné et j'aurais cherché une autre victime. Je n'étais pas inquiet car ce n'était pas ce qui manquait dans les rues voisines. Au lieu de cela, il s'était mis à pleurnicher et ses larmes avaient réussi à m'attendrir.

— Racontez.

Il s'était essuyé les yeux d'un revers de manche et avait encore bu à la bouteille avant de commencer. Pendant les dix minutes qu'avait duré le récit de sa vie et de sa cruelle déchéance jusqu'à ce porche miteux, il avait gardé les yeux baissés, ne les relevant parfois que pour quêter mon approbation à poursuivre. Il m'avait suffi d'un simple hochement de tête pour qu'il aille au bout de sa pauvre vie. Je l'avais encore interrogé :

— Et cette plaie au front ?

— Je me suis cogné.

— Vous êtes un menteur, avais-je plaisanté.

— T'as raison… Je me suis frotté avec un con.

— Quand ?

— Hier soir. Pour une place bien au chaud dans un foyer. On s'est disputés pour le dernier lit qui restait. On s'est fait foutre dehors tous les deux et c'est après qu'on s'est embrouillés. Faut dire que j'étais un peu bourré. Il m'a cogné dessus, l'enfoiré. Et maintenant, je ne peux plus me présenter là-bas. Je dors dehors.

— Vous le connaissiez ?

— Vaguement. Tu sais, on se connaît tous un peu, les gars de la rue. Ce type-là, c'est un putain de bicot. Ça lui a pas plu quand j'ai dit que les places en foyer devaient être données en priorité aux vrais Français. Je l'ai dit devant tout le monde : les bicots, ça doit passer après. Crois-moi, les autres étaient d'accord avec moi mais ils ont fermé leur gueule. J'ai raison, non ?

— Vous savez, monsieur, moi, j'aime tout le monde. Comme me l'a inculqué ma maman, tous les hommes sont égaux.

Je m'étais relevé et j'avais attendu qu'il repose la bouteille derrière lui avant de sortir mon couteau. Il n'avait pas encore vu le poignard et il avait voulu reprendre la conversation.

— Les bicots, c'est tous des enculés ! Comme les pédés !

Il avait rigolé, et soudain il avait vu la lame.

— Qu'est-ce que tu veux ? Tu ne vas pas me planter parce que j'ai dit du mal des Arabes. C'était pour plaisanter. J'aime bien les bicots, moi aussi.

— Non, je m'en moque des Arabes. En plus, je vous aime bien, j'ai rien contre vous. Mais je vais vous planter, comme vous dites.

J'avais parlé si calmement, si posément.

Il avait essayé de se redresser mais il était trop ivre pour s'échapper. J'avais visé le cœur mais sa main droite avait légèrement dévié le coup. Ensuite, la lame s'était enfoncée sans difficulté dans sa poitrine à travers ses vêtements sales. Il était retombé de tout son long sur les cartons qui l'isolaient du sol glacial, en renversant le reste de vin.

Je m'étais penché sur lui. Je ne peux pas dire s'il avait demandé pitié ou s'il avait appelé au secours, car le sang sortait de sa bouche, noyant ses paroles dans de mauvais relents de vin. J'avais compté à voix haute les cinq autres coups de couteau que je lui avais donnés dans le ventre et la poitrine, à bonne distance les uns des autres. Puis j'avais enfilé un gant de peau pour écrire bien distinctement le chiffre 6 sur la porte d'entrée avec son sang. J'avais encore bougé son corps, tiré sur son bras et sa main afin que son index désigne le chiffre 6.

J'avais pris plusieurs photos de la scène : l'ensemble de loin, des gros plans sur son visage balafré avec les yeux encore ouverts.

J'avais essuyé la lame sur son pantalon avant de la replacer le long de ma cuisse. J'avais ramassé les deux pièces de 1 euro. J'avais laissé la bouteille avec mes empreintes. Mais à quoi pourraient-elles bien servir puisque je n'étais fiché nulle part ? La rue Villeneuve était toujours aussi calme, si calme que, en m'éloignant, j'avais entendu les gémissements du malheureux qui n'était pas encore tout à fait mort.

Je m'étais mêlé à la foule autour de la gare Saint-Charles, et l'agitation m'avait fait comprendre que l'OM avait pris une raclée à Paris.

3.

J'aime le foot !

— Parigots têtes de veau, c'est pas pour ce soir, monsieur !

J'étais content de moi et j'avais récupéré les 15 euros du pari. Le veilleur de nuit avait bien pris la chose :

— C'est le jeu. De toute façon, ils ont joué comme des pignoufles.

J'avais acheté deux bières que nous avions bues en discutant des mérites comparés des deux équipes et de leur incapacité de jouer les premiers rôles. Cela vous surprendra peut-être, mais je suis « un puits de science » en matière de football. Interrogez-moi et vous verrez que je suis incollable. Que voulez-vous, j'aime le foot, même si je n'ai jamais été un joueur capable de devenir professionnel comme, enfant, j'en avais tellement rêvé. Ce ne fut pas faute d'avoir tout tenté pour réussir, aussi j'en avais toujours un peu voulu à la corpo du ministère de ne pas m'avoir accueilli comme je le méritais, dans l'une de ses équipes. Ne pas me faire jouer en équipe première qui évolue en championnat de France, je veux bien, mais ils auraient dû m'accepter sans rechigner dans l'une des équipes de réserve. J'avais suivi quelques entraînements, j'avais participé à quelques rencontres amicales de début de saison et c'était tout.

Ensuite, ils ne m'avaient jamais convoqué malgré mes protestations et mes courriers auprès de l'association sportive du ministère. Je les avais même menacés de porter l'affaire en justice pour discrimination puisque je suis déclaré invalide à 30 %.

Je souffre en effet d'une très légère déficience de la jambe gauche depuis l'adolescence. Rien de grave, rassurez-vous, et j'insiste sur « très légère » car je ne voudrais pas que vous croyiez que je suis un de ces infirmes à la charge de la société. J'ai seulement une jambe un peu plus courte et un peu moins musclée que l'autre. Il y a pire comme infirmité ! Il n'est jamais agréable de se faire traiter de « boiteux », mais je marche, je cours comme tout un chacun et il faut un œil d'expert pour remarquer ma très légère claudication. L'idée de porter plainte pour discrimination envers un handicapé était restée au stade de la menace. J'avais abandonné en réalisant le coût de la procédure, car mon modeste salaire de fonctionnaire deuxième échelon ne pouvait malheureusement pas me le permettre. J'avais cependant envoyé une lettre recommandée avec accusé de réception au ministre, dans laquelle j'avais précisé les conditions de la discrimination et les noms des responsables. Je ne craignais rien puisque j'étais protégé par mon statut de handicapé qui, entre parenthèses, m'avait permis d'être embauché au ministère. Être invalide ne peut pas avoir que des désagréments, quand même !

Gamin, j'en avais davantage souffert, vous vous en doutez sûrement. Les moqueries des enfants m'avaient rendu agressif et solitaire bien malgré moi. J'aurais voulu avoir des amis mais je n'en trouvais pas. Heureusement, maman m'avait protégé du mieux qu'elle avait pu et son amour protecteur m'avait probablement sauvé. Je m'étais endurci. Je m'imposais de marcher au lieu de prendre le bus et de courir au lieu de marcher. En toute occasion, je forçais sur ma jambe atrophiée, qui de chétive était devenue maigre et de maigre presque normale. J'ai tellement souffert pendant toutes ces années que j'aurais pu tuer n'importe qui, dont les quelques femmes, surtout des prostituées, qui, pour être aimables, demandaient ce que j'avais à la jambe gauche. Après ces humiliations, je faisais travailler ma jambe encore plus, pour la punir.

Ma lettre n'était pas restée sans écho puisque le ministre en personne avait répondu que ma situation était anormale et qu'une enquête interne allait être diligentée. J'avais donc été réintégré dans les équipes de réserve. À nouveau, j'avais participé aux entraînements et à quelques matchs en tant que remplaçant. J'étais entré parfois en jeu, mais j'ai le regret (la déception) de dire que je n'ai jamais réussi à marquer un seul but. J'avais appartenu à l'association sportive pendant cinq ans, sans rater un seul entraînement ni un seul match. Je ne peux pas en dire autant de mes collègues footballeurs... Ils auraient dû voir que je me défonçais pour le bien de l'équipe au lieu de m'attribuer les raisons de nos nombreuses défaites. « On a joué à dix », avait commenté un inspecteur des impôts premier échelon pour tenter d'expliquer aux autres un 4 à 0 cinglant, encaissé face à l'équipe 3 du ministère de la Justice. J'étais entré exceptionnellement en deuxième mi-temps, après m'être plaint auprès de l'entraîneur de ne jamais jouer. Pour cela, il avait fallu que je le menace d'une nouvelle lettre au ministre. Malgré mes nombreux appels de ballon, mes soi-disant coéquipiers ne m'avaient adressé aucune passe pendant quarante-cinq minutes. Pour me venger, j'avais deux jours plus tard crevé les quatre roues de la Clio rouge de l'inspecteur premier échelon ! Carmin, il s'appelait. Jérémie Carmin. Il se reconnaîtra, maintenant !

Dans les semaines suivantes, je n'avais jamais été aussi combatif aux entraînements, mais le coach s'était entêté à ne pas me faire jouer malgré mes menaces répétées. J'avais fini par baisser les bras, non sans avoir adressé une dernière lettre à mon ministre de tutelle, en faisant remarquer que « cette discrimination n'honore pas ceux qui la pratiquent ».

Cependant, j'avais le virus du foot dans la peau et, tout naturellement, j'avais pris une carte d'abonné au Parc des Princes avec le tarif préférentiel réservé aux handicapés.

Ces dernières années, j'avais raté peu de rencontres au Parc, même si j'avais essuyé beaucoup de déceptions avec cette équipe de Paris exaspérante. Sauf ce dimanche-là, pour le choc de l'année que je ne manquais d'habitude jamais entre le PSG et l'OM. Mais j'en étais au début de mon œuvre et je n'avais pas voulu repousser mon déplacement. J'avais déjà réservé mes billets de train, et, pour être tout à fait franc, j'avais trop hâte de commencer.

Un couple d'une quarantaine d'années avait interrompu notre divertissante conversation sur le football, au moment où je racontais par le détail à mon ami gardien de nuit le but de l'extérieur du pied que j'avais marqué en finale du championnat de France corpo avec l'équipe du ministère. Ce brave garçon m'avait cru et je m'étais pris au jeu :

— Malheureusement, on a pris deux buts après que je suis sorti sur blessure à l'épaule à la 72e, et on a perdu le titre. Ça nous a pas empêchés de faire une fête d'enfer, avais-je ajouté. Le *Moulin-Rouge* et tout ce qui suit…

J'étais resté énigmatique, avec quelques sous-entendus de bon aloi, sur les femmes qui nous avaient accompagnés pendant cette nuit de fiesta. J'étais aux anges, au point de ne plus sentir le contact de la lame froide le long de ma cuisse.

Et mon nouvel ami avait déclaré :

— C'est pas tous les jours qu'on discute avec les clients. D'habitude, c'est « ma clef », et « bonjour, bonsoir »… Avec vous, au moins, on passe du bon temps.

Jusqu'au moment où ce couple avait bousculé l'agréable complicité dans laquelle nous nous étions installés. Visiblement, la femme qui attendait au pied des marches, passablement éméchée, avait hâte de se retrouver au lit…

— Quel froid ! avait dit l'homme en attrapant la clef de la chambre voisine de la mienne.

— En voilà deux qui ne vont pas s'emmerder ce soir, avait commenté le gardien en les regardant s'éloigner dans la cage d'escalier. Ce sont des illégitimes, ces deux-là ! Je suis prêt à parier !

Il aurait bien aimé poursuivre notre conversation mais j'y avais mis fin aussitôt.

— Il est tard, mon ami, et je me lève tôt. J'y vais, moi aussi.

Je l'avais planté là, l'entendant me souhaiter une « bonne nuit, alors » tandis que je m'engageais déjà dans l'escalier. Mais je lui avais assez donné de mon temps. Ce pauvre garçon s'ennuyait tellement derrière son comptoir…

Dans la chambre, j'avais d'abord longuement rincé le poignard dans le lavabo pour effacer les taches de sang, réveillant ainsi en moi le souvenir jouissif de l'instant où j'avais enfoncé la lame dans le corps sans défense de ma victime anonyme, tuée presque au hasard. Puis j'avais remis le poignard dans son étui de cuir.

Cet inconnu, ce Vincent, était devenu désormais très important pour moi et la suite de cette histoire. De cette aventure que j'étais certain de mener jusqu'à son terme. Je me souviens avec précision du sentiment de plaisir qui s'était emparé de moi à cet instant. Nu, dans la salle d'eau, nettoyant l'arme plus que de raison.

Je l'avais placée au fond de la valise et avais préparé mes vêtements, un costume gris et une cravate bordeaux avec lesquels je rentrerais à Paris. J'avais ciré mes souliers noirs. Ce n'était qu'ensuite que j'avais collé mon oreille au mur mitoyen et que je m'étais caressé, en écoutant mes voisins faire l'amour et prononcer des paroles obscènes.

4.
La lettre au commissaire

Arrivé à Paris par le premier train, je m'étais rendu directement au ministère pour une journée ennuyeuse, et personne n'avait fait de remarques sur mon retard. J'entamais sans enthousiasme ma dernière semaine au ministère. Ils avaient accepté sans la moindre objection ma demande de congé sabbatique d'un an pour « raisons personnelles ». C'était l'avantage d'être totalement transparent dans ce travail. Ils pouvaient aisément se passer de moi.

Comme un talisman, j'avais conservé pendant toute la journée, coincé sous ma ceinture, le poignard que j'avais retiré de son étui de cuir. Quel plaisir de le sentir si aiguisé le long de ma hanche ! Et je m'étais assis d'autorité pour déjeuner à la table de « collègues » qui avaient parlé de football et dit beaucoup de bêtises. Aucun n'avait essayé de recueillir mon avis, alors que j'aurais eu des choses beaucoup plus pertinentes à dire. Mais, que voulez-vous, j'étais aussi transparent ici, à la cantine, que derrière mon bureau. Je m'étais donc contenté de les écouter faire les intéressants…

À cette heure, le cadavre de ma première victime avait sans doute été découvert. Je savais que, dans un premier temps, on parlerait d'un crime de rôdeur ou de règlement de comptes entre SDF, et que les policiers seraient intrigués par le chiffre 6 sans en saisir la signification. Je savais d'avance tout cela. C'est pourquoi j'avais hâte de rentrer.

À 17 h 30 précises, j'avais quitté le ministère et, un quart d'heure plus tard, j'étais arrivé dans mon appartement à Nation.

J'étais (et je suis toujours) de tempérament un peu casanier, je l'avoue volontiers, et j'aimais par-dessus tout l'instant où je poussais la porte de mon chez-moi. Ce deux pièces de 45 mètres carrés me convenait amplement. Je m'y sentais bien, avec sa bonne exposition plein sud qui inondait de soleil, été comme hiver, la pièce principale. J'en étais devenu propriétaire grâce à un prêt à 4,10 %, assurance incluse, contracté sur vingt ans auprès du Crédit Agricole de Convention, la banque de maman.

Ce soir-là, j'avais hâte de rejoindre ma chambre. Pourtant, j'avais pris le temps de faire les choses dans l'ordre, sans précipitation. J'avais enfilé mes babouches et suspendu mon blouson de cuir, acheté lui aussi à Hammamet à un prix très intéressant (l'équivalent en dinars de 150 euros environ), à condition de marchander d'arrache-pied, comme je sais le faire. Pour bien mener l'opération, il convient de diviser le prix par quatre et, seulement ensuite, de lâcher un peu de lest en montant jusqu'au tiers du prix, au grand maximum. Surtout, ne vous laissez pas impressionner par leurs salamalecs !

J'avais ensuite rangé mes affaires dans la penderie de l'entrée et mis directement ce qui était sale dans la machine à laver « trois kilos », à ouverture par hublot latéral – c'est plus pratique car cela permet un espace de rangement à côté du lavabo. Ce modèle de machine à laver est peu encombrant dans la salle de bains et une trois kilos, c'est bien suffisant pour un célibataire. En plus, je ne salis pas, comme disait maman.

Enfin, j'avais pu me mettre au travail, mais il était déjà 18 h 30. J'avais immédiatement inauguré mon mur au-dessus du bureau, en épinglant la photo de Vincent (vous vous souvenez, le clochard que j'avais exécuté ni vu ni connu la veille au soir de six coups de poignard) dans le rectangle tracé au feutre noir prévu à cet effet, faisant ainsi disparaître le chiffre 6 inscrit en son centre. Les rectangles étaient reliés les uns aux autres par de petites flèches noires. Cinq cases étaient encore vierges jusqu'au numéro 1, ma cible finale.

Puis, j'avais pris une feuille blanche dans la rame de papier rangée dans le deuxième tiroir, et j'avais écrit d'une seule traite ces mots si souvent répétés dans ma tête avant de m'endormir :

Madame le commissaire divisionnaire Pont,

Cette lettre aurait dû s'adresser à celui, ou celle, qui est chargé de l'homicide du SDF prénommé Vincent, commis ce dimanche à 20 h 52 devant le numéro 21 de la rue Villeneuve dans le deuxième arrondissement de Marseille. Cependant, je vous ai choisie et je suis persuadé que vous allez personnellement prendre en main cette affaire en lisant ce qui suit.

Je vous ai désignée, eu égard à vos états de service. À partir de ce jour, vous serez mon unique interlocutrice.

Vérifiez donc auprès de vos services s'ils ont relevé le chiffre 6 inscrit avec le sang de la victime sur la porte cochère. Ce chiffre a été écrit par l'auteur de cette lettre, afin que votre enquête ne s'égare pas inutilement. Madame le commissaire divisionnaire, permettez-moi de vous poser la question suivante : connaissez-vous la théorie des six ? Si ce n'est pas le cas, je ne saurais trop vous conseiller de vous y référer dans le strict intérêt de l'enquête.

La course est désormais ouverte et je vous souhaite bonne chance. D'ores et déjà je vous donne rendez-vous pour le numéro 5. Je doute, cependant, que vous soyez plus rapide que moi. À vous et à vos services de prouver le contraire.

Très respectueusement.

Je n'avais pas signé, ni de mon nom ni d'un pseudonyme. J'avais bien imaginé une signature du genre « l'exécuteur », « le vengeur », histoire d'aiguiser sa curiosité, ou mieux Frigyes Karinthy, mais j'avais trouvé cela totalement ridicule, préférant leur laisser le choix et le temps de me trouver un qualificatif. Pour cela, les policiers ont une imagination débordante…

Maintenant, à ce stade du récit, je vous dois une explication. La théorie des six a été découverte en 1929 par le Hongrois Frigyes Karinthy et modélisée par le statisticien américain Stanley Milgram en 1967. Elle démontre que six connaissances, au maximum, séparent tout individu sur terre de n'importe quel autre. Par exemple, afin de bien comprendre, chacun de nous est à six poignées de main de n'importe quel habitant du fin fond de la Mongolie-Extérieure, ou encore à six poignées de main de l'ex-président Bush ! Maintenant, faites vous-même le calcul et vous constaterez que cette théorie est juste. Obligatoirement juste…

C'était donc cette théorie que j'avais décidé d'appliquer pour atteindre ma cible. J'avais l'intention d'éliminer de la surface de cette terre une personne bien précise, mais, afin de rendre ma mission plus attrayante, j'avais décidé de procéder selon la théorie de Frigyes Karinthy. J'avais pris le risque d'échouer et, dans ce cas, je m'étais engagé à épargner ma cible. Cependant, j'étais sûr de moi car cette théorie était basée sur des calculs mathématiques irréfutables.

C'était pour cela que j'avais choisi une première victime inconnue, loin de mes bases habituelles, à l'autre bout de la France. Un individu à l'identité en perdition, ce Vincent, SDF alcoolique. J'aurais pu choisir n'importe lequel parmi la centaine de ces minables, mais le hasard avait voulu que ce soit celui-là. C'était sa trace qu'il me fallait désormais remonter.

J'avais rédigé la lettre avec la belle et régulière écriture que m'avait inculquée maman, au prix d'interminables et parfois douloureuses leçons. Avec le recul, j'admire son abnégation obstinée et aimante à faire de moi le meilleur. Mais combien de larmes et de sacrifices tout cela m'avait coûté ! Si je suis fier d'une chose, aujourd'hui, c'est bien de cette écriture que j'allais donner en pâture aux experts graphologues de la police. Ils n'avaient pas fini de l'analyser…

J'avais posté la lettre le lendemain matin rue du Louvre, car c'est ainsi que procèdent, avais-je noté, les « grands du crime ».

Ce soir-là, j'étais descendu chez le traiteur chinois de l'avenue de Vincennes pour acheter, comme tous les lundis soir, trois nems, une portion de bœuf aux oignons, du riz blanc et un petit sac de nougats. La petite serveuse, Luan, était habituée à me servir toujours la même chose. Elle avait répété ma commande à l'unisson dans un français bredouillé mais si charmant et nous avions ri de bon cœur. La vie réserve parfois de belles surprises !

Puis, de retour chez moi, j'avais attendu la fin de *Plus belle la vie* pour appeler maman, il ne fallait jamais la déranger pendant son feuilleton.

— Tu travailles trop, m'avait-elle dit après que je lui eus indiqué que je devais terminer ce soir un rapport pour le ministre en personne.

— Il l'attend pour demain à la première heure. Je dois le lui remettre en personne, avais-je précisé.

Mais j'étais si content de lui faire plaisir que je ne m'en privais jamais, car maman avait placé tant d'espoir en moi que je n'avais pas le droit de la décevoir. Elle était fière de ma réussite au ministère, « même si, disait-elle, il n'y avait pas que le travail dans la vie ».

— Tu ne penses pas assez à toi, mon petit.

5.

Le commissaire Sophie Pont

Quand on s'appelle Pont, il faut s'attendre à devoir supporter toute sa vie des blagues plus ou moins foireuses. J'ai beau être commissaire divisionnaire, je n'y échappe toujours pas. Du genre « pin-pon, pin-pon », murmuré dans mon dos quand je traverse les bureaux, ou mieux, « voilà notre tête de pont » – comprenez « tête de con ». Les flics, bien connus pour être de grands comiques, pratiquent l'humour de répétition… Même dans des circonstances plus solennelles, comme, en septembre dernier, la réception pour ma nomination à la tête de la brigade criminelle de Paris, le préfet de police en personne avait eu ce « bon mot » : « Je veux que vous soyez, désormais, ma chère Sophie, le trait d'union, que dis-je, le pont entre nos différents services afin d'optimiser l'efficacité de la police criminelle. » Et le préfet, encouragé par les sourires et quelques gloussements complices, avait conclu : « C'est pont (!) maintenant, nous pouvons trinquer à votre future réussite. » À voir sa mine réjouie, il n'était pas mécontent de lui, il devait penser : « Voilà un préfet trop cool et sympa. » En fait, c'était juste un gros con. Mais, dans ces moments-là, il vaut mieux sourire avec les autres.

Donc, je me présente : Sophie Pont, commissaire divisionnaire, fraîchement nommée, à quarante-trois ans, à Paris. Je suis la première femme à occuper ce poste en profitant des impératifs de parité voulus par notre hiérarchie et surtout par les politiques. Pour être tout à fait honnête, je ne suis pas meilleure qu'un autre, mais je suis une femme. Comme je n'avais pas de casseroles derrière moi, mais une carrière bien menée, ce poste était pour moi. Ensuite, j'avais bien manœuvré pour l'obtenir. J'avais eu droit à une presse abondante sur le thème « une femme nommée dans la ville la plus difficile de France et à la tête de la police la plus macho, il va falloir qu'elle ait de sacrées couilles… » Les journalistes m'avaient toujours bien traitée…

Intriguée par cette lettre, j'avais demandé à mon assistante d'appeler Marseille. Il leur avait fallu moins d'une journée pour résoudre l'assassinat d'un clochard près de la gare Saint-Charles. Le plus long avait été de mettre la main sur le SDF algérien qui l'avait tué. Il avait été rapidement identifié car on l'avait vu se bagarrer avec la victime. L'imbécile avait menacé de le « planter ». Dès le lundi après-midi, ils disposaient de son identité et de son signalement grâce aux renseignements recueillis auprès des responsables du foyer et des SDF toujours prêts à sucer la bite des policiers. Une patrouille l'avait enfin ramassé totalement ivre sous un porche vers 2 heures du matin, dans la nuit du lundi au mardi. L'affaire ne méritait pas les gros titres, croyez-moi. Dessoûlé, l'Algérien avait reconnu son crime dans un mauvais français, sans que mes collègues marseillais aient été obligés de le secouer, et on l'avait aussitôt déféré au parquet.

Oui, ils avaient relevé le chiffre 6 écrit avec le sang de la victime. Mais pourquoi y accorder de l'importance puisque l'homme avait avoué rapidement ? À Marseille, l'affaire se résumait donc à une stupide querelle d'ivrognes qui avait fini par dégénérer, comme souvent entre individus de ce type. À mon avis, il allait prendre huit à dix ans de prison et il sortirait au bout de cinq, encore plus détruit que lorsqu'il y était entré.

Bref, pour être honnête, je n'avais pas prêté beaucoup d'attention à la résolution de cette affaire banale, pas plus qu'à la lettre manuscrite qui était arrivée ce mercredi matin et qui m'était adressée. Si je l'avais parcourue en diagonale au milieu de dizaines d'autres lettres et si j'avais fini par appeler Marseille, c'était parce que mon assistante, Rachel – une rousse un peu ronde qui, si j'en crois la rumeur, s'est tapé la moitié des flics du 36 –, avait insisté.

— C'est peut-être intéressant, m'avait-elle soufflé à voix basse, car elle craignait mes réactions.

Elles sont souvent rudes, mais c'est nécessaire avec ce genre de fille. Avec moi, elle ne parvenait jamais à se comporter naturellement, et c'était un amusement quasi quotidien de constater à quel point je l'impressionnais. Et c'était très bien comme cela.

Pour l'heure, elle m'avait fait perdre assez de temps comme ça avec ses bêtises. Il avait fallu que je la remette à sa place, une fois de plus.

— N'importe quoi, avais-je conclu d'un ton volontairement sec en lui rendant le document. Allez plutôt me chercher un café sans sucre.

— Bien, madame le commissaire divisionnaire, s'était contentée de répondre la pauvre fille, comme à son habitude.

Un malade (si vous saviez le nombre de tarés qu'on rencontre dans notre métier) revendiquait le crime au nom d'une théorie fumeuse. La théorie des cinq ou des six, je ne savais même plus. Comme dans la police rien ne se perd (nous sommes les champions de la paperasse), la lettre aurait probablement été archivée. Sans doute au rayon « grands malades » ! Mais, finalement, avant qu'elle ne disparaisse, je m'étais ravisée :

— Redonnez-la-moi.

Je l'avais rangée dans le tiroir du bas avec les autres, entre les insultes, les obscénités, les dénonciations, les aveux foireux. Tous anonymes, bien sûr.

Mais que cette fille était sotte !

6.

Dans le train pour Bordeaux

J'avais pris soin de réserver un siège isolé dans le TGV de 8 h 52 du dimanche matin, à destination de Bordeaux, afin de relire tranquillement les notes que j'avais rassemblées pendant la semaine, profitant des moments libres que me laissait mon travail. Cependant, avant de partir, j'avais tenu à terminer les trois notes de redressements fiscaux qui m'avaient occupé ces dernières semaines. Il n'était pas question que ces trois individus y échappent sous prétexte que je prenais un congé sabbatique d'un an. Je connaissais trop l'administration fiscale pour savoir que, si je n'avais pas bouclé ces dossiers, les contrevenants auraient bénéficié d'une année de répit en attendant mon retour. Il n'en était pas question. J'avais établi un rapport précis pour mon chef de section afin que l'administration veille avec fermeté au règlement de ces trois dossiers litigieux.

J'avais abandonné l'annexe du ministère, l'esprit tranquille, le vendredi à 17 h 30 précises, sans que personne ne pense à saluer mon départ. Combien de jours leur faudrait-il avant de réaliser que je n'étais plus là ?

Je ne savais pas pour combien de temps j'allais quitter Paris, aussi j'avais passé mon samedi à ranger et nettoyer mon deux pièces. Je ne pouvais pas supporter l'idée de revenir dans quelques semaines dans un appartement en désordre. À chacun ses petites maniaqueries…

Dérogeant à nos habitudes, maman avait tenu à ce que je vienne dîner hier soir. Évidemment, elle était triste que je m'éloigne mais si fière que ce soit pour une mission de plusieurs semaines en province, au nom du ministère. Elle m'avait offert une superbe cravate Cardin bleu clair avec de fines rayures marron, une cravate très élégante à porter sur une chemise blanche.

— Un fonctionnaire de haut rang se juge à ses chaussures cirées et à la qualité de ses cravates, avait-elle commenté avec raison, comme toujours.

Pour les chaussures, elle pouvait me faire confiance. Depuis tout petit, je les cirais tous les jours.

Le wagon était quasiment vide à l'exception d'un couple de retraités qui m'avait regardé approcher avec la crainte que j'occupe une place libre en face d'eux. Puis était montée une femme seule, encombrée avec ses deux valises. Je l'avais observée tandis qu'elle tentait vainement de les mettre dans le rangement au-dessus de son siège, sans que je songe un seul instant à l'aider. Elles étaient trop lourdes pour elle. Elle avait fini par se résoudre à les déposer dans les casiers prévus à cet effet en tête de wagon. Je voyais bien qu'elle était chiffonnée à l'idée de les abandonner si loin d'elle, proies faciles pour des pickpockets, et elle s'était retournée dans leur direction à de nombreuses reprises jusqu'au départ du train. Elle ne me semblait pas rassurée pour autant et j'étais certain que cet éloignement allait lui gâcher le voyage. En voilà une qui n'irait pas au wagon-restaurant, à deux voitures de nous.

En l'observant du coin de l'œil, j'avais pu vérifier qu'elle s'était montrée particulièrement attentive lorsque je m'étais levé pour me rendre dans la voiture-bar. Pour m'amuser, en passant à la hauteur du casier à bagages, j'avais posé ma main droite sur l'une de ses valises en tissu.

J'avais cependant de quoi m'occuper pendant le voyage. J'avais d'abord lu *L'Équipe* du dimanche et particulièrement le compte rendu de la défaite du PSG au Mans où la défense, selon le journaliste sur place, avait pris l'eau. Les Parisiens étaient à nouveau en zone de relégation et ce n'était pas le match nul de Marseille face à Lens qui m'avait redonné le moral. La lecture de *L'Équipe* m'avait tenu jusqu'à l'arrêt d'Orléans et ce n'était qu'ensuite que j'avais ouvert la chemise contenant tous les éléments que j'avais recueillis sur Vincent Dupuech. À savoir :

1. Deux photos avec les yeux ouverts, sur lesquelles il paraissait bien vivant, presque souriant.

2. Les coupures de presse de *La Provence* (le crime n'avait pas dépassé le cadre local). Il y était surtout question de la célérité avec laquelle les enquêteurs avaient réglé l'affaire. Il s'agissait selon toute vraisemblance d'un règlement de comptes entre SDF. L'assassin, un Algérien du nom de Mustapha Khaled, avait avoué et avait été incarcéré à la prison des Baumettes. Il avait déjà été condamné à quatre ans pour tentative de meurtre et violence conjugale.

« En voilà un, avais-je pensé, à qui la prison va remettre les idées en place. Espérons-le. »

C'était à peine si les journaux précisaient le nom de

la victime. Un ancien cadre commercial originaire de Bordeaux, « tombé comme beaucoup, à la suite d'ennuis personnels et professionnels, dans une lente déchéance et l'alcool, pour finir sur le pavé marseillais, assassiné, lors d'une nuit glaciale de janvier, par un de ses congénères ».

Il n'était nulle part mention du chiffre 6. Je n'en étais pas étonné car il était encore trop tôt pour que cet élément aiguise la curiosité des enquêteurs.

3. Les notes manuscrites que j'avais rassemblées cette semaine en fouillant dans les archives informatiques du ministère. Je ne pouvais que louer la qualité de ce service, car j'avais retrouvé la trace de mon numéro 6 à Bordeaux.

Il avait vu le jour le 14 avril 1956. Fils de Bernard Dupuech, décédé, et de Françoise, née Brignaud. Études au collège Grand Lebrun et diplômé de l'IUT de commerce. Marié le 19 mai 1984 à Jocelyne, née Locquin (date de naissance : 25 juillet 1961). Deux enfants : Bertrand (né le 5 juin 1986) et Séverine (née le 17 mars 1988). Dernier avis d'imposition en date de novembre 1999 : 55 181 francs, soit 8 417 euros. Licencié pour faute grave en octobre 1999 de l'entreprise Bidermann et Cie, une importante société anonyme spécialisée dans le matériel de sécurité industrielle. À ce stade, je n'avais pas réussi à en connaître la raison exacte. Divorcé le 17 juin 2001. Il semble que depuis il avait coupé toute relation avec les siens, et avait « pété les plombs » au point de tout abandonner.

Peu m'importait le vagabond, c'était celui qui avait eu une vie sociale qui m'intéressait. Celui d'avant le 17 juin 2001.

Dernière adresse connue : appartement 12, résidence

Pasteur, 33200 Mérignac. Sa femme y résidait toujours. Je m'en étais assuré en passant un coup de téléphone au nom d'un organisme de placement financier. Elle avait seulement décliné son identité en décrochant avant de me demander de la laisser tranquille. Je m'étais excusé poliment et je n'avais pas insisté.

4. Un avis découpé dans le journal *Sud-Ouest* en date de vendredi dernier, informant que les obsèques de Vincent Dupuech se tiendraient le lundi 23 janvier à 14 h 30 en l'église Saint-Vincent de Mérignac.

Tandis que le train approchait déjà de la gare Saint-Jean, je savais comment j'allais me présenter.

Et, comme je n'étais pas un mauvais garçon, j'avais aidé la femme à descendre ses deux grosses valises du train. Elle m'avait chaleureusement remercié. Mais je n'en demandais pas tant. Elle n'était pas du tout mon style de femme.

7.

Auprès des siens

J'avais assisté à la messe, puis j'avais accompagné la famille et les amis de Vincent Dupuech au cimetière. Ce fut une cérémonie « empreinte d'émotion », comme on a l'habitude de le lire dans les journaux. Il y avait beaucoup plus de monde que je ne l'avais pensé. Une bonne centaine de personnes. Comme quoi, le souvenir de « mon » Vincent était resté puissant, en dépit de sa fuite. Visiblement, cet homme, devenu un moins que rien, avait été apprécié et aimé. À l'instant de le mettre dans le trou, cette petite foule émue avait voulu oublier sa déchéance et ne se souvenir que de l'ami et du bon père. Je m'étais assis avec les anciens collègues de travail de Vincent, dans la nef de droite, afin d'observer à loisir la famille groupée au premier rang à côté du cercueil de bois sombre.

Je n'étais pas (et ne suis toujours pas) un spécialiste en la matière, mais la famille avait choisi le haut de gamme. Ils avaient pris l'option « chêne avec poignées en cuivre », comme si, en lui offrant des funérailles de « première classe » avec messe chantée, fleurs et couronnes, la famille avait voulu lui faire réintégrer la classe sociale dont il n'aurait jamais dû s'échapper pour mourir comme un pauvre hère dans une rue sombre de Marseille. Vincent Dupuech, le malheureux, s'était éteint dans un dénuement absolu, une bouteille de mauvais vin à la main.

Soyez rassurés, vous qui découvrez ces modestes lignes, je n'ai jamais été de ces malades qui se complaisent dans les enterrements et, plus généralement, dans le malheur des autres. Au contraire, depuis tout petit, la souffrance d'autrui m'a souvent arraché des larmes. C'est pourquoi je n'étais pas loin de pleurer en suivant, un peu à l'écart, la mise en terre de Vincent dans le caveau familial du cimetière municipal de Mérignac, dans la proche banlieue de Bordeaux. Ce fut le moment le plus émouvant de cette journée éprouvante. Tout au long de l'après-midi, j'avais vu et partagé la douleur de cette famille.

Ils étaient sans nouvelles de lui depuis si longtemps qu'ils avaient dû se poser souvent la question de savoir où il avait disparu. Pourquoi les avait-il laissés sans aucune nouvelle ? Combien de nuits s'étaient-ils torturés à se demander s'il était encore en vie, quelque part…

C'était donc une famille unie et bouleversée par autant de douleur que j'avais observée tout au long de cet interminable et triste après-midi d'hiver.

Entre parenthèses, le climat de la région bordelaise, assez humide, est beaucoup moins agréable que celui de Marseille, plus sec. Et cette petite bruine de janvier avait rendu ce moment encore plus pathétique.

Quel terrible traumatisme pour eux tous ! Combien avait dû être douloureux l'appel des policiers leur apprenant que celui dont ils étaient sans nouvelles depuis plus de quatre ans avait été retrouvé assassiné de six coups de couteau sous un porche de Marseille ! Je ne souhaite ce genre d'expérience à personne.

Le pire était que la mort de mon Vincent les laissait tous avec leurs interrogations, qu'ils ne sauraient jamais pourquoi il les avait abandonnés sans donner le moindre signe de vie. En jetant une motte de terre dans le trou, j'avais partagé leur souffrance de l'avoir perdu comme cela, dans l'alcool et la misère. Si, un jour, ils avaient fini par le détester, ils l'avaient aussi tant aimé. Avant. Et aujourd'hui, en le mettant en terre, cette petite famille unie dans les larmes se reprochait surtout de l'avoir abandonné, de ne pas avoir tout essayé pour le retrouver et le ramener à la vie auprès d'eux. C'est dur de porter cette responsabilité, croyez-moi.

C'est pourquoi j'avais eu des paroles apaisantes quand j'étais allé les saluer à l'issue de la cérémonie. Je m'étais présenté à cette famille éplorée comme un représentant de commerce dans une entreprise de matériel médical, travaillant sur le sud-est de la France et particulièrement sur Marseille.

Il avait suffi de déclarer : « Je crois pouvoir dire que j'ai été son dernier ami. À chaque fois que je descendais à Marseille, nous nous voyions et je l'aidais de mon mieux. Je lui donnais de l'argent, mais je sais bien à quoi il le dépensait. » Puis j'avais fait mouche en ajoutant d'une voix teintée de ce qu'il fallait d'émotion : « Je peux vous affirmer qu'il ne vous avait pas oubliés. Ça non ! Il continuait à vous aimer si fort, ce pauvre Vincent. Mais revenir auprès de vous était au-dessus de ses forces, il était dans une impasse. J'ai tout fait pour l'aider à s'en sortir. Mais il n'y avait plus rien à faire. »

Cette malheureuse famille avait tellement besoin de réconfort qu'elle m'avait accueilli, presque adopté, sans se poser plus de questions. Il leur avait suffi de penser que j'étais le seul à pouvoir les aider à surmonter leurs souffrances en répondant de mon mieux à leurs interrogations. Ils m'avaient donc reçu à bras ouverts, comme un ami, le soir même, sans la moindre méfiance. Je leur étais devenu nécessaire.

Croyez-moi, si je l'avais voulu, j'aurais pu facilement me glisser dans le lit de la veuve. Cette femme était en manque, comme si elle n'avait pas fait l'amour depuis sa séparation d'avec mon Vincent. Je l'attirais, c'était évident. Malheureusement pour elle, Jocelyne ne m'inspirait que du dégoût.

8.
Jocelyne, la veuve

L'homme d'une trentaine d'années s'était présenté comme un ami de Vincent, et sa discrétion et sa gentillesse les avaient tous conquis. Jocelyne l'avait invité à passer les voir le soir même des funérailles. Ses paroles si amicales l'avaient apaisée et elle lui avait demandé de repasser « si cela ne l'ennuyait pas trop ».

Mais, quelques semaines plus tard, comment pouvait-elle lui dire qu'elle ne supportait plus ses visites régulières, quasi quotidiennes ? Qu'il était devenu envahissant, indésirable ? Il passait généralement en fin de journée avec un bouquet de fleurs, au moment où il était impossible de ne pas le garder à dîner. Elle et ses enfants n'en pouvaient plus de l'entendre évoquer le souvenir de son « ami Vincent ». Elle hâtait le service, mais il s'installait sans crier gare au salon et il acceptait « une goutte de cet excellent cognac » qu'elle lui avait servi la dernière fois. Séverine et Bertrand les avaient abandonnés depuis longtemps, se demandant comment leur mère n'arrivait pas à le mettre dehors. Mais il paraissait si sincèrement affligé par la disparition de son mari qu'elle n'avait jamais osé.

Sa gentillesse les avait tous charmés au début. Surtout quand ce jeune homme avait dit :

— Vincent me parlait tellement de vous que j'ai l'impression de vous connaître déjà tous.

Il avait eu des mots si amicaux qu'elle l'avait invité à rester dîner avec eux le soir des obsèques. Réconfortant, discret, rassurant, ce garçon avait parlé avec tant d'affection de Vincent que, au moment de partir, elle lui avait fait promettre de repasser les voir. Il avait beaucoup hésité, il ne voulait pas les gêner, mais elle avait insisté, presque supplié :

— Vous êtes notre dernier lien avec lui. Revenez nous voir. Nous avons encore tellement de questions à vous poser. Surtout les enfants…

— Séverine et Bertrand lui manquaient beaucoup, vous pouvez en être certaine, avait-il répondu de sa voix douce. Mais ce pauvre Vincent était arrivé à un point de non-retour.

— Ses enfants attendent des réponses. Moi aussi, pour être franche. Revenez, ça nous fera plaisir. Vraiment !

Il était revenu deux jours plus tard sans s'être annoncé, avec un bouquet de roses blanches à la main. Jocelyne avait été sensible à l'attention : c'étaient ses fleurs préférées.

Au début, il passait deux à trois fois par semaine. Puis, tous les soirs, et très vite ils n'avaient plus supporté ses visites. Jocelyne et ses deux grands enfants n'attendaient qu'une chose : que la mission de « l'ami de papa » dans la région s'achève. Elle devait durer un mois, mais elle avait été prolongée de quinze jours.

Quand, bien des semaines plus tard, les policiers les interrogeront sur lui, Jocelyne et les deux enfants auront du mal à le dénigrer, sauf pour dire qu'il avait fini par être un peu trop envahissant. « Et encore, leur avait précisé Jocelyne, il ne s'imposait pas vraiment. Il passait et nous le gardions à dîner. »

Jocelyne avait dépeint un homme d'une trentaine d'années, d'un mètre soixante-dix environ, brun, les yeux foncés, les cheveux impeccablement coupés avec une raie bien nette du côté droit. « Un physique banal. Un garçon comme on en voit des dizaines », avait-elle résumé aux enquêteurs. « Il était toujours impeccable sur lui. Il portait des costumes sombres et des cravates de marque, des Cardin, si je me souviens bien. » Ils l'avaient trouvé discret, aimable, sérieux et bien élevé. « C'est sans doute aussi pour ça que nous n'arrivions pas à lui dire de ne pas revenir. Il était tellement gentil, poli, attentionné. »

Elle s'était appliquée, fait violence, avait fouillé dans sa mémoire, et pourtant c'était le portrait d'un anonyme qu'elle venait de dresser. Plus les policiers avaient insisté, plus elle avait réalisé avec effroi que, malgré toutes ces soirées passées en sa compagnie, l'homme n'avait rien livré sur lui. Il s'était peu confié. « Il ne parlait que de Vincent. »

— Nous n'en avons jamais parlé avec lui mais nous avions tous remarqué qu'il boitait de la jambe gauche. Et c'est peut-être pour cela aussi que nous n'osions pas le mettre à la porte.

Enfin, il était passé un jour en fin d'après-midi pour leur annoncer son départ. Sa mission dans la région était sur le point de se terminer. Bien sûr, Jocelyne et ses enfants avaient été soulagés, mais ils avaient insisté pour qu'il reste dîner.

— C'est tout le paradoxe de cette histoire : nous ne voulions plus le voir, et quand il est venu nous dire qu'il rentrait à Paris, nous avions presque de la peine.

Et, prenant les policiers à témoin, elle avait ajouté dans un soupir :

— Vous vous rendez compte, j'ai culpabilisé de ne pas avoir été assez accueillante avec l'assassin de mon mari. C'est affreux, non ?

Toute la famille Dupuech lui avait fait promettre de ne pas les oublier et de venir les voir quand il repasserait dans la région.

— Nous étions tous un peu émus au moment de la séparation, avait-elle reconnu. Je crois même que j'étais au bord des larmes.

Elle avait ajouté en examinant une nouvelle fois la photo que lui avaient présentée les policiers :

— C'est bien lui. C'est incroyable, monsieur l'inspecteur, nous l'avons oublié aussi vite qu'il est entré dans notre vie.

9.

Le choix du numéro 5

Cette pauvre malheureuse avait pleuré « toutes les larmes de son corps » (j'adore cette formule, chère à ma maman) quand, un mois et demi après mon arrivée dans le Sud-Ouest, je les avais quittés pour remonter sur Paris. C'était incroyable de constater à quel point cette famille détruite ne pouvait plus se passer de ma présence réconfortante. Pour parvenir à leur échapper, j'avais dû, en désespoir de cause, leur faire la promesse de revenir les voir à l'occasion. Promesse que je n'ai pas pu tenir… Mais plus rien ne me retenait dans cette région et dans cette ville que, en vérité, je n'avais pas beaucoup appréciées. À cause du climat pluvieux, peut-être ?

Cette famille m'avait été bien utile puisque c'était la veuve qui m'avait mis sur la piste de ce « gros porc » de Bidermann. Jocelyne ne le nommait que par ce qualificatif de « gros porc ». Elle avait de bonnes raisons pour le détester autant. Elle le tenait pour seul responsable de la déchéance de son mari et surtout de son malheur personnel. Dès la deuxième soirée passée en sa compagnie, elle m'avait tout raconté tandis que je sirotais un autre verre ballon de son excellent cognac de vingt ans d'âge, auquel personne n'avait voulu toucher depuis la disparition de Vincent.

Son mari avait été licencié du jour au lendemain. « Bidermann l'a viré sans indemnités, après dix ans de maison, le gros porc. » Il avait été accusé d'avoir détourné des commissions de vente. « Alors qu'il n'y avait pas plus honnête que mon Vincent et que, dans cette affaire, s'il y avait un escroc, c'était le gros porc. » Elle n'avait toujours pas compris pourquoi il avait refusé de se battre en portant l'affaire devant les prud'hommes. Vincent n'avait pas réussi à trouver un nouvel emploi et Jocelyne y voyait l'influence malfaisante de Bidermann. « Il s'est acharné sur mon malheureux mari. Ce gros porc a usé de toute son influence pour qu'il ne retrouve pas de travail. Il l'a grillé dans la région. » Au lieu de se battre, Vincent avait sombré dans la dépression et s'était mis à boire. Et puis, un jour, il avait disparu. Sans laisser un mot.

Dans un premier temps, elle avait vécu son départ comme un soulagement tant la vie aux côtés de cet alcoolique dépressif était devenue insupportable. Puis, ce soulagement s'était transformé en une culpabilité dévorante qui ne l'avait jamais quittée. Sans revenus, elle avait dû se remettre à travailler, ce qui n'est jamais agréable ni facile quand on a dépassé la quarantaine et qu'on a pris goût au confort tranquille d'une petite vie bourgeoise : un vaste rez-de-jardin à Mérignac dans une résidence cossue, une villa à Arès sur le bassin d'Arcachon, et l'habituelle semaine d'hiver au Club Med. Une année à la montagne, une année au soleil. Rien de bien extraordinaire, mais une bonne petite vie que le chômage et la disparition de Vincent avaient fait éclater. Si elle avait pu sauver l'appartement de

Mérignac, elle avait dû se débarrasser de la maison d'Arès. Mais il y avait une raison bien plus inavouable à la déchéance de Vincent Dupuech. Il était cocu, le malheureux. Elle l'avait trompé et pas avec n'importe qui…

Il y a des petits riens qui vous trahissent. J'avais acquis la conviction que Sylvain Bidermann, le gros porc, avait séduit la veuve du temps où elle vivait encore avec son Vincent au chômage. Le pauvre mari bafoué n'avait pas supporté et s'était barré. Les femmes sont vraiment des moins que rien !

Elle pouvait culpabiliser maintenant mais, si elle ne l'avait pas trompé, mon Vincent n'aurait pas fini dans une ruelle mal famée de Marseille et le hasard m'aurait fait croiser un autre de ces malheureux dans l'accomplissement de ma mission. J'allais écrire « mon destin », sans fausse modestie. Tout aurait changé. Je n'aurais pas atterri dans la banlieue bordelaise à me demander lequel (ou laquelle) serait mon numéro 5. Car j'ai beaucoup hésité avant de choisir Bidermann, mais ce furent de purs moments de bonheur ! Au point que j'avais fait durer le plaisir. Un jour, c'était la veuve que je rêvais de planter car elle me dégoûtait vraiment avec ses manières, un autre jour, je songeais à éliminer son fils qui vivait toujours à ses crochets, cet incapable, ou le grand-père qui refusait de me parler, ou même Béatrice, sa meilleure amie (ça m'agaçait tellement quand elles s'appelaient Jo et Béa, comme deux gamines), ou un voisin, un ancien collègue… Je n'avais que l'embarras du choix. Avouez que c'est plaisant d'avoir le sort d'individus entre ses mains. Je suis certain que nombreux sont ceux qui lisent ces lignes en ce moment et partagent mon point de vue. Reconnaissez-le : vous m'enviez ce droit de vie ou de mort dicté par le seul hasard de mon humeur du moment, en toute impunité ! Allez ! avouez que c'est seulement la peur de vous faire prendre qui vous retient de supprimer un voisin trop bruyant, un supérieur hiérarchique qui vous mène la vie dure, un type avec qui vous êtes fâché, ou même votre chère épouse dont la seule présence vous est devenue insupportable !

Et tout cela poussé par le seul plaisir de suivre la théorie de Frigyes Karinthy.

Certains l'apprendront en lisant ces lignes (je pense notamment à la veuve et à son idiot de fils), ils ont été tout près d'y passer avant que je choisisse définitivement Bidermann. Si mon choix s'était finalement porté sur lui, ce n'était pas parce qu'il s'était mal comporté avec mon Vincent et avec Jocelyne, ni parce qu'il était vraiment un homme mauvais, mais tout simplement parce que la veuve l'appelait « le gros porc ».

J'allais le saigner comme un porc. Décidément le sort ne tient pas à grand-chose…

10.
Saigner le goret

J'avais accroché Bidermann dans un bar à prostituées en partageant une bouteille de champagne à 200 euros, qu'il avait eu le « bon goût » de régler. Car je ne vous cache pas que, financièrement, je n'avais pas les moyens de m'offrir du champagne à ce prix et encore moins une fille dans ce bar, si attirante fût-elle.

Pour aller au bout de mon projet, je ne disposais que d'un budget limité qui m'obligeait à tenir une comptabilité minutieuse. Aussi, je ne voyageais qu'en seconde classe, j'utilisais les transports en commun. Afin d'alléger ma trésorerie, j'avais même réussi à soutirer à la veuve 3 000 euros, en cachette de ses enfants et surtout de son père, prétextant une urgence financière. Une dette qu'elle n'eut pas l'indélicatesse de me réclamer quand je lui annonçai mon départ. C'était oublier un peu vite que je m'étais vraiment forcé à supporter ses états d'âme de veuve malheureuse et ses simagrées de femme trahie, alors que je n'avais aucune envie de l'entendre se plaindre. Elle a eu de la chance que je choisisse une autre victime parce que, certains soirs, j'avais furieusement envie de la planter. Si j'avais parfois bandé en sa présence, ce n'était pas parce que je voulais coucher avec elle (elle n'attendait que ça, j'en étais certain), mais parce que j'avais imaginé les différentes façons dont j'aurais pu la faire souffrir avec ma lame.

Bidermann m'avait rapidement considéré comme son meilleur ami. Nous sortions plusieurs fois par semaine dans des clubs où les filles se faisaient payer et où les bouteilles étaient trop chères pour moi. En quelques soirées à peine, j'avais déjà tout appris de sa vie, mais rien de véritablement intéressant, pour tout dire. Des banalités de gros imbécile qui ne passionnaient que lui.

De mon côté, j'avais inventé pour son seul plaisir de gros porc que j'entretenais une liaison, qu'il voulait « torride », avec la veuve. « Elle ne peut pas se passer de moi tellement le sexe lui a manqué. » Il était friand de ces anecdotes. Il était aux anges : « Ça me rappelle quelques bons souvenirs ! C'est dingue comme elle aime la bite, cette femme ! » Il avait ajouté, rigolard, la main glissée dans le string d'une fille :

— Toutes des salopes, sauf maman !

Son corps s'était agité au rythme de son rire, mais son regard était resté si dur que la fille n'avait pas osé protester quand il avait introduit l'index dans son sexe.

La veuve avait raison sur un point : ce Bidermann était vraiment un gros porc et je l'avais saigné comme un goret, en portant un premier coup dans la carotide. Il s'était vidé de son sang et avait sali tout le tableau de bord en me traitant de « salaud », sans s'apercevoir qu'il était en train de crever. Pour l'agacer, je m'étais borné à répéter que je ne comprenais pas ce qu'il disait :

— Articule ! Je ne pige rien à ce que tu racontes.

Plus il s'était énervé, plus il s'était vidé de son sang. Je n'avais pas attendu qu'il soit tout à fait mort pour le piquer de l'autre côté de la gorge, puis de deux coups dans la poitrine et dans l'abdomen et enfin dans la cuisse, bien profondément, car je savais que ce dernier coup était particulièrement douloureux. J'avais patienté à ses côtés, le temps qu'il finisse de mourir, en écoutant Radio Nostalgie, ma station préférée. Le hasard avait bien fait les choses, c'était sur la chanson de Johnny *Que je t'aime* que j'avais écrit le chiffre 5 avec son sang, sur le pare-brise de sa Mercedes E220 noire, aux vitres fumées.

J'avais bien préparé mon affaire pour le saigner ce soir-là. Nous rentrions du Cap-Ferret, et il avait voulu me montrer sa dernière acquisition, « une vraie pinasse du bassin, avec un coin aménagé pour baiser les gonzesses », s'était-il vanté. En réalité, une banquette recouverte de fourrure synthétique avec, à portée de main, un petit réfrigérateur rempli de ce qu'il aimait : du Ricard et du whisky de quinze ans d'âge. Il m'avait laissé conduire sa grosse berline et, en roulant sur les routes désertes, je lui avais parlé pour la première fois de la théorie des six. Il s'était bien amusé en calculant combien de poignées de main le séparaient des grands de ce monde. En ce qui le concernait, la théorie marchait à tous les coups. Et souvent en moins de six ! Deux poignées de main seulement le séparaient du président Sarkozy.

— C'est l'avantage d'être une pointure, s'était-il félicité. Je connais Xavier Darcos, le ministre qui serre la louche de Sarko tous les jours !

Cela avait été plus difficile avec un Chinois du fin

fond de la Mongolie, pourtant il était parvenu à établir le lien.

— J'ai un copain à la chambre de commerce qui travaille avec l'attaché commercial à Pékin. Le mec doit connaître un chinetoque qui connaît un autre Chinois de la région, un patron d'entreprise, par exemple. Ensuite, il y a forcément un ouvrier qui vient de la région en question, et là, obligatoirement, il connaît un putain de Chinois qui connaît un mec qui connaît mon chinetoque !

Ravi, il avait ajouté en me tapant la main droite :

— C'est génial, ton truc ! Toi, par exemple, t'es maintenant à trois poignées de main de Sarko puisque t'es mon copain.

J'avais prétexté une « envie pressante » pour m'arrêter un peu avant le village de Martignas. Nous avions pris une départementale monotone, au milieu des forêts de pins, qui passe par le camp militaire de Souges. Je me permets de donner tous ces détails pour ceux qui connaîtraient la région. C'était vrai que j'avais envie d'uriner…

— Maintenant, on va aller se vider les couilles, avait-il annoncé, content de lui, tandis que j'avais repris le volant.

Cela voulait dire qu'on allait finir la soirée dans le bar à prostituées où il avait ses habitudes et où la bouteille de champagne était à 200 euros. Il fallait d'abord consommer avant de monter avec une fille qui, pour 500 euros, acceptait de nous prendre tous les deux.

— C'est plus fendard, disait-il, de se farcir la même salope.

Comme c'était toujours lui qui payait, il voulait passer le premier. Et, la plupart du temps pour ne pas dire toujours, je me contentais de me caresser tandis que la fille faisait semblant de prendre son plaisir avec lui. Ces filles ne sont pas totalement idiotes…

— Démarre, j'ai la bite en feu. J'ai envie d'une bonne grosse pute ! Ce soir j'ai envie de me farcir la Brigitte. T'es d'accord ? Démarre, Bon Dieu !

J'avais dit très calmement :

— Non, avant, il faut que je te raconte une histoire.

— Dépêche !

— Tu te rappelles la théorie des six ?

— Ouais, et alors ?

— Alors ? Il faut que tu saches que j'ai entrepris de suivre cette théorie pour atteindre ma cible.

— Ta cible ? Je comprends rien.

— Oui, ma cible. C'est simple, je vais t'expliquer. J'ai choisi au hasard un type à Marseille, un mec qui s'appelait Vincent Dupuech. Tu le connaissais bien, Dupuech, non ?

— Ouais, et alors ? C'est le connard qui est mort à Marseille. Pour le connaître, je le connaissais puisque je l'ai fait bosser pendant dix ans. Il avait essayé de m'entuber, le fumier, et je l'ai foutu dehors. Bidermann, il ne faut jamais le baiser !

Il s'était interrompu un instant, histoire de ménager son effet.

— Et à propos de baiser… Je connaissais bien sa femme aussi, si tu vois ce que je veux dire.

Il avait mimé le geste d'un mouvement de bras, pas mécontent de lui.

— Et alors ?

— Alors ? Tu ne comprends vraiment rien ! Dupuech était le numéro 6 et toi, tu es le numéro 5, voilà. Tu piges maintenant ?

— Non.

À cet instant précis, j'avais sorti mon poignard et je l'avais planté bien profondément dans son cou. Vous connaissez la suite.

Son sang avait commencé à sécher sur ma chemise et sur le bas de mon pantalon. J'avais marché jusqu'à la Clio de location, garée un peu plus loin. Pour ne pas salir, j'avais étendu un grand plastique sur les sièges, puis je m'étais essuyé le visage avec une serviette pliée à l'arrière, et j'avais rejoint le *Formule 1* où je m'étais endormi aussitôt sur le lit, tout habillé, m'imprégnant à plein nez de l'odeur de son sang. Ce type d'hôtel est un peu bruyant mais tellement discret. En plus, les chambres équipées de la télévision sont propres et peu onéreuses.

J'avais hâte de remonter sur la capitale, hâte surtout d'épingler sur mon mur la photo du numéro 5, la victime à laquelle m'avait conduit ce bon vieux Vincent Dupuech.

11.

Sophie Pont et la deuxième lettre

Je n'avais pas aimé la façon dont Rachel avait posé la lettre manuscrite sur mon bureau, d'un air de dire : « Je ne suis pas aussi conne que tu le penses, ma vieille. » Franchement, si elle n'était pas aussi conne que ça, elle ne serait pas « scotchée » à son siège de secrétaire administrative du commissaire divisionnaire. Si elle avait eu le minimum d'ambition nécessaire dans notre métier, elle aurait postulé à un poste d'enquêteur de police au lieu de se contenter de ses 1 523 euros nets par mois et des 35 heures qu'elle respectait scrupuleusement en arrivant tous les jours au bureau à 9 heures et en le quittant à 18 heures pétantes. Sans compter les jours où elle demandait à partir plus tôt parce que l'un de ses gosses était malade. Elle avait bien tenté un jour de m'expliquer qu'elle ne pouvait pas postuler à autre chose à cause de ses enfants. Sans m'émouvoir car, pour moi, elle n'était qu'une caricature de fonctionnaire « pur jus », alors que l'on sait bien qu'on ne compte pas ses heures dans la police. Heureusement, elle n'avait pas protesté quand je lui avais annoncé, début janvier, sur un ton volontairement neutre et sans formuler le moindre commentaire, qu'elle n'aurait pas droit cette année encore à autre chose qu'à l'augmentation de salaire réglementaire, à savoir 1,3 %. Seule avec deux gosses à charge, elle ne pouvait que s'accrocher à son boulot sans rechigner. Elle n'avait qu'à pas se faire engrosser par deux pères différents, deux policiers, paraît-il, mutés loin de Paris et dont aucun n'avait revendiqué la paternité des petits. Est-ce que j'avais des gosses, moi, pour m'embarrasser l'existence ? Non !

Si son petit air triomphant m'avait agacée, je dois reconnaître que la lettre manuscrite que j'avais sous les yeux avait de quoi m'interpeller, même si je n'en laissais rien paraître.

Madame le commissaire divisionnaire Sophie Pont,

Il semble que ma lettre précédente datée du 15 janvier n'ait pas retenu votre attention. J'espère que celle-ci aura un effet contraire et que vous prendrez enfin cette missive au sérieux. Le numéro 5 a été saigné par mes soins le mercredi 8 mars à 22 h 18 à proximité du camp militaire de Souges, près de Bordeaux. Il s'appelait Sylvain Bidermann et c'était un gros porc. Je vous souhaite de bonnes investigations et vous donne rendez-vous pour le numéro 4.

— Allez me chercher l'autre lettre, avais-je ordonné inutilement à Rachel.

Elle m'avait répondu avec ce petit air supérieur que je ne supportais pas :

— Elle est rangée dans votre tiroir du bas, madame.

Agacée, j'avais ajouté sur un ton volontairement brutal, tellement cette fille me portait sur le système :

— Merci. Vous pouvez sortir, maintenant, Rachel.

Les lettres avaient été écrites par la même personne et envoyées toutes les deux de la poste de la rue du Louvre. Par l'Interphone, j'avais ordonné à Rachel de demander à Marseille de nous faire passer le dossier Dupuech et d'appeler le commissariat de Bordeaux.

— Immédiatement !

— Bien, madame le commissaire divisionnaire, avait-elle répondu. Elle avait bien insisté sur « madame le commissaire divisionnaire », c'est du moins ce qu'il m'avait semblé ressentir dans le ton de sa voix.

Elle avait tort de me chercher. Toi, ma vieille, t'es pas près de l'avoir, ton augmentation, avais-je pensé.

J'étais troublée, je peux l'admettre aujourd'hui. Pourquoi ce fumier s'adressait-il à moi ? Je ne pouvais m'empêcher de me poser la question tandis que j'attendais que cette petite pute rousse de Rachel me passe la communication.

12.

Retour à la maison

Je n'étais pratiquement pas sorti de chez moi pendant les deux jours qui avaient suivi mon retour à Paris. J'avais laissé mon appartement impeccable avant de partir, mais j'avais dû consacrer la première matinée à faire ma lessive et surtout mon ménage. C'est incroyable comme la poussière parvient à s'incruster partout, en quelques semaines à peine.

Avant de partir pour Bordeaux, j'avais pris la précaution de fermer les volets et pourtant il fallait que je lave les vitres du salon avec un détergent puissant. Elles étaient à nouveau tellement crasseuses, à cause de la pluie et de la pollution. À mon retour, je n'avais pas pu supporter cette saleté. J'ai toujours pensé que c'est à la crasse que l'on mesure le délabrement du monde dans lequel nous vivons. J'en faisais l'amère démonstration en nettoyant mon 45 mètres carrés de fond en comble. Je l'avais pourtant laissé, un mois et demi plus tôt, « propre comme un sou neuf ».

« Tu es propre comme un sou neuf, mon chéri », disait ma maman quand j'étais petit. Elle me sortait du bain et me portait jusque dans mon lit dont je ne devais plus bouger à cause de ma jambe malade. « Tu es tout léger. » J'avais douze ans, et je m'en souviendrai durant toute ma vie, comme si c'était hier. Avec tant d'affection pour le sacrifice de ma maman adorée.

À intervalles réguliers, je ne pouvais m'empêcher d'abandonner mon ménage pour aller contempler le début de mon œuvre : ces deux premières photos épinglées au-dessus de mon bureau et reliées par une flèche noire. Celles de Vincent Dupuech et de Sylvain Bidermann. L'excitation du débutant, sans doute, mais je ne m'en lassais pas !

Il restait encore quatre rectangles vides. Je savais déjà quel portrait figurerait dans le dernier. Mais, avant, qui seraient les trois autres ? Guidé par la théorie de Frigyes Karinthy, vers qui Bidermann allait-il bientôt me conduire ?

Debout, face à mon mur, je me laissais entraîner par cette plongée fascinante dans l'inconnu. Cette contemplation silencieuse était renforcée par la certitude que la théorie du Hongrois était exacte et infaillible. Il ne pouvait pas en être autrement, car elle ne laissait aucune place au hasard et, tôt ou tard, les rectangles vides seraient obligatoirement recouverts. Peu importait le temps que cela prendrait.

Je ne voudrais pas manquer d'humilité mais, ce matin-là, une éponge dans la main droite et un flacon d'Ajax vitres dans la gauche, je me sentais tout-puissant, imbattable.

Depuis que je suis tout petit, j'aime procéder méthodiquement, avec ordre et, surtout, sans précipitation. Chaque matin, je dresse des priorités et j'accomplis mes tâches quotidiennes selon une hiérarchie établie. Je ne suis pas de ceux qui pensent en priorité au plaisir. Maman disait toujours, et je partageais son avis sans discuter, qu'« il faut d'abord travailler et quand le travail est bien fait et terminé, alors on a le droit et le devoir de s'amuser ».

Donc, une fois mon ménage achevé, j'avais enfin pu me consacrer à mon affaire, et j'ose l'écrire, à mon plaisir.

Pour commencer, j'avais écrit une deuxième lettre au commissaire divisionnaire Pont. La première, je m'en doutais en l'envoyant, n'avait pas eu beaucoup d'effet, mais la seconde allait la secouer davantage. C'était certain. Grâce à Internet où plusieurs sites lui étaient consacrés (les gens ont du temps à perdre...), j'avais déjà fait ample connaissance avec mon commissaire.

Physiquement, d'abord, elle avait une bonne quarantaine (quarante-quatre ans le 17 juin prochain), des cheveux bruns, mi-longs, elle était grande (à mon avis, elle devait faire un peu plus de un mètre soixante-dix) et vraiment beaucoup trop ronde à mon goût. Malgré sa grande taille, elle avait des jambes trop courtes, un grand buste et une poitrine menue.

Sur les photos, elle portait le plus souvent une veste rose pâle sur une jupe sombre, mi-longue. Sur quelques-unes, on devinait une femme qui faisait des efforts de coquetterie et d'élégance. En vain, malheureusement pour elle... Ma photo préférée était celle prise à l'occasion d'une réception à la mairie de Paris. Ce soir-là, elle portait une robe longue fuchsia et une petite cape de fourrure noire. Je l'avais imprimée, juste pour le plaisir de l'épingler sur l'autre mur de ma chambre, sur le côté droit en entrant.

Autant j'avais voulu que les photos sur le mur de la « théorie des six » soient parfaitement ordonnées, avec des rectangles bien alignés, autant je voulais que ce mur-là soit en désordre total. Pour le simple plaisir de m'y perdre, sans références de lieux et de temps, avec seulement des endroits, des personnages, des moments. J'avais déjà épinglé pêle-mêle des plans, les scènes de mes crimes prises de près et de loin, des images de ceux que j'avais croisés à Marseille et à Bordeaux, et même la photo de mon siège dans le train de retour de Marseille. Le mur se couvrait petit à petit de tous les détails de cette histoire. Ce mur était ma récréation. Une sorte d'espace de liberté !

J'avais placé la photo du commissaire, ridicule en robe longue, à côté de celle de ma veuve de Bordeaux. Elle était plutôt laide, pas élégante, peu gracieuse, sans aucun charme, mais, ce qui me frappait sur toutes les photos, c'était l'extrême dureté de son visage. Sophie Pont renvoyait l'image d'une femme résolue, ambitieuse, et surtout sans scrupule.

Je l'avais repérée plusieurs mois plus tôt quand les journaux avaient commencé à s'intéresser à elle. « La première flic de France. » Pour moi, cette femme représentait tout ce que je détestais. C'était pour cela que je l'avais choisie, elle.

Son parcours professionnel, également accessible sur Internet, indiquait une carrière réussie et bien remplie pour son âge. Les commentaires étaient unanimes à son sujet : à ce jour, elle avait réalisé un sans-faute.

Après une maîtrise en droit, elle avait intégré l'École de police dont elle était sortie major. Une première pour une femme. Elle avait d'abord choisi Lille pour « se frotter au terrain. Car c'est là et seulement là, au contact de la rue, qu'on apprend à devenir un bon policier ». J'avais trouvé cette citation, d'une banalité affligeante, dans une interview récente donnée au journal *Le Point*. Cet hebdomadaire avait tenu à saluer sa nomination à Paris, dans un article qui l'avait présentée comme la madame Thatcher de la police française. Je ne savais pas qui était cette dame, mais apparemment c'était pas une marrante… Je m'étais immédiatement renseigné sur cette personne et, pour votre information, il s'agit d'un Premier ministre anglais qui a dirigé le pays « d'une main de fer » dans les années 1980. J'avais imprimé aussitôt sa photo que j'avais épinglée sur mon mur à côté de celle de Pont, histoire de me rappeler à quel genre de femme j'avais désormais affaire.

Sophie Pont était restée huit ans au SRPJ de Lille où elle avait commencé à gravir les échelons. De lieutenant, elle était passée commandant. Comme principal fait d'armes, elle avait démantelé un gang de « gens du voyage », spécialisé dans l'attaque de bijouteries à la voiture bélier. Lors de l'arrestation, la confusion avait été telle qu'un policier avait été abattu par un de ces voyous. J'avais aussi imprimé la photo où elle soutenait l'épouse du policier effondrée de douleur, tandis qu'on rendait hommage à ce malheureux, décoré de la Légion d'honneur à titre posthume, dans la cour de la préfecture de Lille. La photo datait de 1991. Jeune, Sophie Pont était encore plus laide qu'aujourd'hui…

Après avoir passé deux ans à l'École des commissaires, elle avait poursuivi sa carrière pendant six ans à la brigade financière de la PP. Puis, après un bref passage à la BRB, elle avait été nommée à Lyon. Enfin, de retour à Paris, elle avait obtenu le titre très envié de commissaire divisionnaire.

À cause de moi, cette femme, si sûre d'elle-même,

allait, je l'espère, connaître un échec cuisant qui allait démolir sa trop belle carrière.

Je n'étais pas idiot. J'avais parfaitement conscience que j'avais laissé plein d'indices à Bordeaux. Les policiers allaient forcément s'intéresser à cette relation de Bidermann, un jeune d'une trentaine d'années qui ne l'avait pas quitté ces dernières semaines. Tôt ou tard, ils sauraient que les deux hommes avaient écumé les bars à prostituées et surtout qu'ils avaient été vus ensemble sur le bassin d'Arcachon, l'après-midi du crime. Cet homme allait les intriguer et, peut-être, devenir leur suspect numéro un. Ils pourraient alors relever ses empreintes digitales et, s'ils faisaient correctement leur travail, son ADN. Volontairement, je n'avais pas pris la précaution d'effacer mes traces. À quoi bon, puisque je n'étais pas fiché et n'avais pas commis le moindre délit jusqu'à ce jour. Maman ne s'était pas donné un mal de chien à m'inculquer une éducation parfaite pour que je tombe dans la délinquance.

Les enquêteurs finiraient probablement un jour par dresser mon portrait-robot et par établir le lien avec la famille de Dupuech. Mais avant, ils devraient explorer toutes les pistes et elles ne manquaient pas avec cette crapule de Bidermann. Quand j'étais « son meilleur ami », j'avais pu me rendre compte à quel point ce gros porc avait des ennemis susceptibles de l'éliminer. Aussi, il se passerait beaucoup de temps avant qu'ils ne s'intéressent exclusivement à moi. À ce moment-là, j'aurais déjà bien avancé dans mon entreprise. Je m'étais senti parfaitement tranquille, à l'abri dans mon douillet et tout propre deux pièces de la Nation. Certes, je m'étais volontairement exposé mais pas suffisamment pour qu'on remonte rapidement jusqu'à un obscur fonctionnaire du ministère des Finances en congé sabbatique. À ce jour, je n'avais pas fait d'erreur et j'avais conservé plus qu'une longueur d'avance.

Cette journée m'avait fatigué. J'eus juste la force d'aller poster ma lettre au Louvre et d'acheter en revenant trois nems, un bœuf aux oignons et un sachet de nougats mous, servis par ma petite Chinoise, toute contente de me revoir. J'avais aimé son petit sourire bienveillant mais je n'avais pas pu rester plus longtemps à la regarder s'affairer derrière son comptoir, car j'étais juste dans les temps pour appeler maman. Elle était si heureuse de m'annoncer qu'elle avait pris le matin même, chez M. Charlet, un beau poulet fermier de un kilo cinq.

— Ne sois pas en retard, mon petit.

En raccrochant, après lui avoir souhaité une « très bonne nuit, ma maman d'amour », j'avais réalisé à quel point nos dîners du mardi soir m'avaient manqué ces dernières semaines.

13.
Sophie Pont : entre lui et moi

Il avait fallu que je relance à deux reprises mes collègues de Bordeaux, avant qu'ils daignent m'adresser le rapport d'autopsie du dénommé Sylvain Bidermann, assassiné le soir du vendredi 8 mars, à proximité d'un camp militaire. Après ça, ne me parlez pas de solidarité entre les services de police… C'est malheureux à dire, mais c'est chacun pour sa crémerie chez les flics.

— Ils en ont mis du temps, les collègues, avait osé commenter cette pauvre Rachel en déposant le dossier qu'elle avait sûrement parcouru avant de me le remettre. Vous allez vite constater que c'est le même tueur que pour Dupuech, madame le commissaire divisionnaire, avait-elle ajouté pour faire son intéressante.

De quoi je me mêle, connasse ? Tu ferais mieux de porter des jupes moins courtes si tu ne veux pas te faire violer par toute la PJ. Allez, dégage !

— Merci, Rachel, mais je me passerai de vos commentaires. Retournez plutôt dans votre bureau. J'attends des appels importants.

— Je vous prie de m'excuser, madame.

C'était vrai que les similitudes étaient criantes : coups donnés avec une arme identique, mêmes soins apportés pour que les plaies soient suffisamment espacées les unes des autres et qu'on puisse clairement en dénombrer cinq. Seul le coup porté à la carotide avait été mortel. Le rapport, rédigé par un certain Dr Téchouères, n'avait apporté aucune explication sur la raison des autres coups. Il s'était borné à constater que, à l'exception du premier, aucun n'était mortel et il avait avancé cette seule hypothèse : « L'assassin s'est probablement acharné sur sa victime dans le but de la tuer de façon certaine. » Trois lignes plus bas, le médecin légiste ajoutait que la victime avait mis plusieurs minutes avant de décéder. Le temps de son agonie était estimé à six minutes.

L'Interphone avait grésillé. C'était encore cette imbécile.

— Voulez-vous que j'appelle Bordeaux, madame ?

— Attendez que je vous le demande, Rachel, avais-je répondu sèchement. J'avais ensuite composé le numéro toute seule, sachant parfaitement qu'il s'affichait sur le poste de ma secrétaire.

C'était un certain commissaire Marçais qui dirigeait l'enquête. Je le connaissais de réputation. Un flic intelligent et rigoureux de cinquante-cinq ans, rien d'extraordinaire dans sa carrière, mais aucune casserole non plus. Bref, le genre à être nommé divisionnaire quelques mois avant de partir à la retraite, histoire d'améliorer l'ordinaire des vieux jours. La police sait être reconnaissante avec les éléments sans histoire…

Il s'était montré courtois et, à ma grande surprise, coopératif. Il s'était d'abord excusé au nom de ses services pour le retard dans l'envoi du rapport d'autopsie, et m'avait fait comprendre que l'assassinat de

Bidermann était, « à date », la priorité des services de police de Bordeaux en raison de la personnalité de la victime. « Un notable qui avait des relations longues comme le bras avec tout le monde ici. » Il avait ajouté en plaisantant à moitié : « J'ai intérêt à trouver si je ne veux pas finir à la circulation ! »

Je m'étais contentée de l'informer qu'il y avait peut-être un lien entre le crime de Bordeaux et une affaire que nous suivions à Marseille pour qu'il me dise tout ce que je voulais savoir. Je l'avais, évidemment, assuré qu'il serait immédiatement prévenu s'il y avait quelque chose. Cette promesse avait suffi pour qu'il me fasse un point précis sur l'avancée de l'enquête. Intelligent, rigoureux, mais un peu naïf, le commissaire Marçais !

L'enquête avait déjà écarté l'hypothèse d'un crime commis par un proche ou par un mari jaloux.

— C'était un sacré cavaleur, pourtant. Mais il ne couchait qu'avec des filles attirées par son argent, si vous voyez ce que je veux dire, madame le commissaire divisionnaire, des putes, quoi… Le mode opératoire est trop particulier. Le tueur est un pro du couteau, on en est certains. Le coup porté était imparable et si précis…

Il s'était interrompu quelques secondes avant de reprendre d'un ton très assuré :

— Les deux hommes se connaissaient, c'est impossible autrement, et nous avons acquis la certitude qu'ils avaient rendez-vous dans ce chemin de forêt.

« À date », comme il ne cessait de répéter, il privilégiait une piste. Le genre de piste qui ne pouvait attirer que des emmerdes, et lui faire dire adieu à sa nomination de divisionnaire à l'heure de la retraite. Elle conduisait au milieu bordelais.

— Et si on tire sur la ficelle, on ne sait jamais qui il y a au bout. Sûr, on va déterrer des cadavres, pots-de-vin et compagnie. Ce type-là était de toutes les magouilles. C'est pour ça qu'ils sont si nerveux en haut.

Il avait soufflé, tout en s'interrogeant :

— Qu'est-ce que je pourrais bien vous dire encore ?

— Je ne sais pas, commissaire. C'est vous qui savez…

Il avait alors ajouté, comme s'il parlait à contrecœur :

— Un jeune mec, la trentaine, ne le lâchait pas depuis des semaines. Ils étaient cul et chemise. Ils écumaient les bars à filles de la ville et baisaient les mêmes putes. Il a disparu et on n'a pas grand-chose sur lui. Pas d'identité, rien qu'un vague portrait-robot que je vais vous faire suivre, si vous le désirez.

— Envoyez toujours, mais j'ai l'impression qu'il n'y a pas de lien entre nos affaires.

— C'est quoi la vôtre ?

— Un homme poignardé de plusieurs coups de couteau dont un seul était mortel. C'est pour ça que nous avons fait le lien avec Bordeaux. Mais, franchement, je crois que je vais laisser tomber. Envoyez-moi le portrait-robot. Mais c'est vraiment tout ce que vous avez, commissaire ?

— À date, oui.

— Rien, pas d'empreintes ?… Le tueur n'a rien laissé ? Aucun signe ?

— Si, quelque chose de troublant. Nous, on y voit comme un avertissement. Aussi nous avons préféré ne pas en faire état pour l'instant.

— Allez, commissaire, c'est quoi ce « quelque chose de troublant » ? C'est votre enquête mais vous ne pouvez pas me laisser comme ça. Vous avez réussi à attiser ma curiosité.

— Je vous le dis, mais ça reste confidentiel.

— Merci pour votre confiance, commissaire.

— Le tueur a écrit le chiffre 5 sur le pare-brise de la voiture, avec le sang de Bidermann. Et là, à date, on n'a aucune explication rationnelle. Qu'est-ce que ça veut dire ? On ne sait pas.

— Effectivement, c'est troublant. Allez, bonne chance, commissaire. Vous êtes un bon, je suis certaine que vous allez vous en sortir.

— J'espère aussi... Je vous envoie le portrait de l'individu. Au revoir, madame le commissaire divisionnaire.

— Au revoir, commissaire.

Finalement, c'était un besogneux, ce Marçais. Pour l'instant, il n'avait pas besoin de savoir que le chiffre 6 avait été relevé sur une scène de crime marseillaise et qu'un individu revendiquait les deux meurtres au nom d'une théorie foireuse. J'avais décidé de garder cela pour moi seule.

Le portrait-robot était arrivé dans l'après-midi. Quand la Rachel me l'avait présenté, elle n'avait pas pu s'empêcher de faire l'intéressante :

— C'est notre homme, madame. J'en ai des frissons...

J'avais répliqué, cinglante :

— Si c'est notre homme, ce n'est pas le vôtre, Rachel. Laissez faire ceux qui savent !

Effectivement, le portrait-robot était vague, et comme l'avait dit Marçais, « on ne peut pas faire confiance à des putes ». Aucun trait saillant, rien de remarquable. Cependant, je le reconnais aujourd'hui, ce portrait m'avait impressionnée en raison de son aspect si anonyme, il était tout le monde et personne. Pourtant, à cet instant précis, j'eus la certitude que cet être banal était bien « notre homme ». Celui qui m'avait adressé les deux lettres manuscrites. Celui qui m'avait lancé un défi.

Puisqu'il en faisait une affaire personnelle, cela allait se régler entre nous deux, et je le baiserais, ce fumier.

14.
L'information qui me manquait

Ce mardi matin-là, j'avais émergé du sommeil à 9 h 30 passées. J'avais honte car, de mémoire de Julien Dussart (c'est mon nom, et je peux bien le révéler aujourd'hui), cela n'était pas arrivé depuis très longtemps. J'avais pris l'habitude de toujours me réveiller à 7 h 30 précises, même en vacances.

Quand j'avais eu mes problèmes à la jambe, c'était l'heure à laquelle passait tous les matins le kinésithérapeute, M. Gloaguen. Maman me secouait en disant :

— Prépare-toi, M. Gloaguen est là.

Elle voyait bien que j'avais des difficultés, que je souffrais déjà, mais elle ne m'aidait jamais à retirer mon pantalon de pyjama. Les séances étaient si dures que je pleurais de douleur.

Ensuite, même quand M. Gloaguen n'était plus venu, je n'avais jamais pu dormir plus tard que 7 h 30. Sauf ce matin.

Jusqu'à ce jour, j'avais estimé non seulement que dormir était une perte de temps, mais surtout que la grasse matinée était un facteur de ramollissement mental et physique.

Pris d'une impulsion un peu stupide, je l'avoue, je

m'étais photographié, allongé sur le lit en faisant semblant de dormir ! J'avais juste eu le temps d'enclencher la pose à retardement avant de me glisser entre les draps et sous la couverture. Entre parenthèses, je ne suis pas de ceux qui apprécient de dormir sous une couette, je préfère de loin la bonne couverture de mon enfance. Vous ne m'en voudrez pas de donner quelques détails personnels un peu futiles, mais je pense, chers lecteurs, qu'ils vous aideront à mieux me connaître. C'est ainsi que je petit-déjeune toujours d'un café et de deux tranches de pain grillé avec du beurre et du miel de fleurs d'acacia. C'est comme cela depuis que je suis tout petit. Maman disait qu'il n'y avait pas mieux que le miel « pour attaquer sa journée du bon pied ».

Avant de me mettre au travail (malgré la petite euphorie qui m'avait gagné ce matin-là, il fallait bien que je m'y remette), j'avais imprimé la photo prise au lit et je l'avais épinglée sur le mur de droite.

À midi, je n'avais encore rien trouvé de convaincant sur Bidermann. Toutes les pistes pour déterminer qui serait ma prochaine victime me ramenaient à la région bordelaise. Mais j'avais si peu apprécié mon séjour là-bas qu'il n'était pas question que j'y revienne, et je n'étais pas non plus poussé par une élémentaire prudence, car je n'avais pas peur de la police.

J'étais retourné chez le traiteur chinois, mais, comme ma petite beauté n'y était pas, j'avais préféré aller manger une part de pizza à *La Boîte à pizza* du boulevard de Charonne, pour lire les journaux du jour. Seul *Libération* accordait une pleine page à l'assassinat de Bidermann sous le titre : « Un loup poignardé près d'une bergerie ». La bergerie en question était une ancienne ferme rénovée, proche du lieu de l'assassinat, dont les propriétaires n'avaient rien vu ni entendu, et le loup était mon ami Bidermann. Le portrait que le journal avait dressé de lui n'était pas flatteur, loin de là. Pour résumer, il était présenté comme une grosse légume bordelaise dont le nom revenait régulièrement dans des affaires louches, souvent liées à des opérations immobilières. L'article affirmait que « c'était la piste du règlement de comptes que privilégiaient les enquêteurs ».

Cependant, une information qui m'avait échappé jusque-là avait aussitôt attiré mon attention. *Libération* a beau être un journal sans grand intérêt, sa correspondante à Bordeaux venait de me donner, sans le savoir, la clef pour la poursuite de ma mission. En refermant le journal, je m'étais promis de lui envoyer un mot de félicitations pour la qualité de son article. N'importe qui se serait précipité, sauf moi. J'avais tranquillement terminé ma pizza et pris une glace à deux boules, fraise et vanille, en lisant *L'Équipe*, le seul journal qui méritait qu'on dépense 95 centimes, même quand il écrivait du mal sur le Paris-Saint-Germain... Mais force était de reconnaître qu'en ce moment c'était bien mérité. Qu'attendaient-ils pour faire un grand coup de ménage ? Que les vrais supporters, dont j'étais, fassent connaître leur mécontentement y compris en utilisant la violence ? Il était plus que temps de leur remettre les idées en place à ces paresseux, grassement payés avec notre argent.

Je venais de découvrir que Sylvain Bidermann était un ancien élève de HEC, une grande école de commerce parisienne dont certains disent même que c'est la meilleure en la matière. Comment Bidermann ne s'en était-il pas vanté auprès de moi, lui qui se trouvait formidable à tout bout de champ ? Au point qu'il m'avait fallu une sacrée dose de patience pour supporter l'entendre parler de ses affaires, des millions qu'il avait amassés, de toutes les femmes qui avaient partagé son lit.

Grâce à Internet – on ne louera jamais assez cette invention de l'armée américaine –, j'avais facilement retrouvé sa trace. Il était sorti 56e de la promotion 74. Ensuite, ce fut très facile de choisir ma prochaine victime parmi la centaine de noms qui étaient sortis de l'École en même temps que lui. J'avais tout simplement porté mon choix sur celui qui était sorti quatrième de la promotion. J'aimais les symboles : quatre coups de couteau pour le numéro 4 ! Un gars pas assez doué pour être major mais suffisamment pour finir quatrième. Finalement, la vie ne tient pas à grand-chose. Une note un peu moins bonne ou une autre meilleure, et il aurait échappé au sort que je lui avais réservé. Son nom ? Xavier Bernard. Peu importe que je vous le donne puisque, à l'heure qu'il est, Xavier Bernard est mort et enterré, le chiffre 4 inscrit avec son sang sur le front.

Un peu de patience, chers lecteurs, car je vais maintenant vous raconter comment je m'y suis pris.

15.
La bonne personne

L'association des anciens élèves de cette école prestigieuse était d'une efficacité remarquable. Grâce à un seul coup de téléphone et quelques consultations sur Internet, j'avais retrouvé « mon » Xavier Bernard, et j'avais ensuite fouiné dans sa vie pour apprendre l'essentiel. C'est si facile de fouiller dans le passé des autres quand on sait s'y prendre, et j'étais devenu un maître en la matière. En un seul après-midi, Xavier m'était devenu si familier que j'avais déjà hâte de le planter, mais je devais agir avec méthode et sans précipitation afin de ne pas compromettre mes chances de réussite. Je savais d'ores et déjà que j'avais choisi la bonne personne.

Voici donc ce que fut la vie de Xavier Bernard, numéro 3 sur ma liste. Après avoir vécu plusieurs années à l'étranger (États-Unis et Australie notamment, dans les services financiers de Rhône-Poulenc), il dirigeait depuis dix-sept ans son propre et important cabinet d'expertise-comptable, avenue Malesherbes dans le 17e arrondissement de la capitale. Il avait cinquante-quatre ans, était marié avec Geneviève dont j'avais retrouvé la trace dans la promotion 76 d'HEC.

C'était l'une des plus jolies filles – certains diront l'une des plus désirables – de sa promo, et, au vu de la photo, elle était probablement arrivée vierge au mariage. À l'époque, les jeunes filles savaient se tenir. Il portait de grosses lunettes d'écaille brune, et une superbe mèche blonde lui barrait le front. Une tête à finir quatrième de sa promotion !

En toute franchise, dans les jours qui avaient suivi ma découverte, j'avais pris un réel plaisir à faire connaissance avec Xavier Bernard et les siens. J'allais tuer un bon notable parisien, propriétaire d'un appartement de 170 mètres carrés dans le 7e arrondissement et d'une villa à Ramatuelle avec piscine privée. Membre éminent du Rotary Club, président de l'association parisienne des fumeurs de cigares, excellent joueur de tennis dans sa jeunesse et aujourd'hui de golf (moins quinze en dessus du par, ce qui est, paraît-il, la marque d'un très bon niveau, surtout à son âge). Ça aurait de l'allure que je le tue au trou numéro 4 du golf de Saint-Nom-la-Bretèche où il jouait tous les samedis ! Non ? Mais ne rêvons pas !

Xavier Bernard et Geneviève Tanguy s'étaient fiancés en 1975 et mariés le 26 juillet de l'année suivante. L'aîné avait été appelé Hervé, comme son grand-père. Puis avaient suivi Cécile, une jolie blonde, et Anne, un peu plus décevante. Les trois enfants avaient été conçus avec une exemplaire régularité, propre à ce milieu : deux ans d'écart entre chaque enfant. Hervé avait fait HEC comme papa et travaillait avec lui au cabinet. Il avait lui aussi une tête de premier de la classe et était encore célibataire, alors que ses deux sœurs étaient déjà mariées. Cécile avec un analyste financier de chez Rothschild, une importante banque d'affaires, et Anne avec un Anglais éleveur de pur-sang dans le Surrey, une région verdoyante à l'ouest de Londres. Ah ! ils allaient tous verser des larmes sur la dépouille de ce malheureux ! Leurs vies, leurs petits conforts familiaux allaient être à jamais bouleversés grâce à mes bons soins. J'en avais bandé de contentement et j'avais dû interrompre mes recherches pendant quelques minutes, le temps de me satisfaire sur la photo de Cécile photographiée en maillot de bain noir, souriante et toute dégoulinante d'eau au sortir de la piscine familiale. J'avais ensuite épinglé la photo sur mon mur, bien en évidence, un peu à l'écart des autres. Vous me pardonnerez si j'écris que cette photo servirait encore !

La faim avait fini par m'arracher à mon ordinateur. Il était déjà 18 heures passées et la nuit était tombée sur Paris. À cet instant, après une journée si enrichissante, plus rien ne comptait que de me retrouver chez ma maman. Il fallait que je me dépêche afin de ne pas arriver en retard, mais je m'étais autorisé un petit détour par l'avenue de Vincennes et j'avais un peu traîné le pas devant mon traiteur chinois afin d'apercevoir la petite serveuse tout affairée derrière son comptoir. J'aurais tant aimé qu'elle me voie, mais ces gens sont tellement travailleurs qu'elle n'avait pas relevé la tête, trop occupée à ranger des nems dans la vitrine, offrant aux passants la vue sur son décolleté…

Maman avait failli pleurer quand j'étais enfin arrivé, à l'heure. Allez comprendre pourquoi ? Était-ce à cause de nos retrouvailles après une trop longue absence, du bouquet de roses acheté à Nation auprès d'un Pakistanais, ou parce que j'avais mis la cravate Cardin qu'elle m'avait offerte avant mon départ pour Bordeaux ?

Elle avait voulu tout savoir de mon déplacement en province. J'avais tant de choses à lui raconter sur mon travail et les amis que je m'étais faits là-bas que nous sommes passés à table à 20 h 30. Aussi, à sa grande déception, le poulet était trop cuit et un peu sec. Je l'avais rassurée de mon mieux :

— Je suis si heureux d'être de retour, nos dîners du mardi m'ont tellement manqué, ma maman d'amour.

Je l'avais embrassée avec tant d'affection que cela avait suffi à apaiser son dépit d'avoir raté son poulet. Et j'avais ajouté que « mon ministre avait été si emballé par mon travail qu'il envisageait de me confier d'autres missions en province ». J'aimais la voir si fière de son fils.

— Il a de la chance de t'avoir à ses côtés, cet homme !

Ce soir-là, maman avait été si heureuse de me voir manger avec un bel appétit que cela suffisait à mon bonheur.

16.

Mes journées avec eux

Les jours qui suivirent furent un régal. Celui de suivre un homme, de le voir vivre, évoluer, de l'observer sans qu'il se doute de rien, et de savoir que ce quotidien si merveilleusement réglé allait bientôt s'arrêter pour lui et les siens. Et surtout le plaisir de réaliser que c'était moi seul qui avais le pouvoir de décider quand tout cela allait se terminer. De décider du jour du chaos.

Durant ces premières journées passées tout près d'eux, je n'avais pas cherché à saisir l'occasion favorable de passer à l'acte, même si le poignard, placé le long de ma cuisse dès le matin, était un rappel permanent de ma mission.

En réalité, je peux bien l'avouer, je faisais durer mon plaisir. Car si j'avais bien l'intention de le tuer, ce serait le jour où je l'aurais décidé, dans le lieu de mon choix, et, surtout, après lui avoir bien expliqué, sans précipitation, les raisons de sa mort. Bref, je ne voulais surtout pas gâcher cet instant unique. Ils sont si rares dans une vie… Il n'était surtout pas question que je passe aux yeux de tous pour un tueur à la petite semaine qui exécute entre deux portes !

Vous reconnaîtrez avec moi que, avoir le destin d'un homme et d'une famille entre ses mains, avec toutes les conséquences que cela peut entraîner, il ne peut rien y avoir de plus plaisant. Je me régalais de leurs petits bonheurs quotidiens pour mieux jouir bientôt de leur douleur. Je m'amusais de tout, de la couleur de ses costumes sombres et de ses cravates en semaine à sa tenue de golf un peu ridicule le samedi, en passant par le jogging blanc qu'il portait pour aller chercher les croissants du dimanche matin. Et cette façon de dire d'une voix haute, au timbre un poil trop perché et un brin condescendant (ainsi sont les gens de son milieu) :

— Bonjour, madame Bertin, tout se passe bien ce matin ? Trois croissants, le journal et deux baguettes bien cuites.

Il lâchait encore une banalité sur la météo. Je me mettais dans la peau de cette pauvre femme à qui, du matin au soir, on ne parlait que du temps qu'il faisait. Xavier payait toujours avec de la menue monnaie. Des pièces de 1, 2 et 5 centimes. Il avait dû les compter une à une avant de quitter son appartement.

Le compte est bon ! plaisantait-il en posant son tas de ferraille sur le comptoir.

Mme Bertin recomptait jusqu'au dernier centime.

— En effet, le compte est bon, disait-elle sans relever la tête, trop occupée à ranger les pièces une à une dans sa caisse.

— Je suis comptable, madame Bertin ! Ne l'oubliez pas ! Un expert en la matière !

— Vous pouvez être certain que je ne l'oublierai jamais, monsieur Bernard. Vous avez le don de me le rappeler tous les dimanches matin !

Bernard n'avait pas relevé l'ironie de la remarque. J'étais certain qu'il pensait lui rendre service en se débarrassant de sa monnaie, ce dont les commerçants ont tellement besoin. Certain aussi qu'il pensait que Mme Bertin le trouvait très sympathique et tellement décontracté pour un homme de sa position. Pourtant, il aurait dû savoir qu'il n'était qu'un client comme les autres aux yeux de la boulangère. Un client à 9,85 euros, certes, mais un client comme elle en voyait des dizaines dans la journée, derrière sa caisse.

— À dimanche prochain, madame Bertin.

J'avais dû m'écarter pour le laisser passer tandis qu'il dépliait son journal sans se soucier des autres. J'avais demandé un croissant et, rien que pour le plaisir de la voir fouiller dans sa caisse, j'avais sorti un billet de 50 euros.

— Je n'ai pas de monnaie, m'étais-je excusé.

Mais rien ne pouvait atteindre la boulangère, sauf, peut-être, une erreur de caisse en fin de journée…

J'avais particulièrement apprécié le jour où il avait déjeuné dans un restaurant de la place des Ternes, dans le 17e arrondissement, avec Anne qui, entre parenthèses, avait encore pris du poids en comparaison avec les photos de Ramatuelle dont je disposais. La nourriture anglaise, je suppose… J'étais assis à deux tables d'eux et j'avais pu suivre leur conversation où il était question de vacances à l'île Maurice pour Pâques.

— Ta mère en rêve depuis des années, avait-il précisé, comme à regret.

À l'entendre, j'avais bien compris qu'il aurait préféré descendre à « Rama », comme il disait.

— Ça te changera, papa. Qu'est-ce que tu peux être casanier, toi !

— Ce n'est pas à mon âge que je changerai, avait-il soupiré. Au moins, il y a, paraît-il, de très bons parcours de golf, là-bas.

Elle l'avait poussé à prendre une île flottante comme dessert.

— Ça te fera un avant-goût, avait-elle plaisanté.

Leur conversation m'avait permis de fixer une échéance. J'avais jusqu'à Pâques pour profiter d'eux... Geneviève n'allait pas être contente ! Leur déjeuner avait été abrégé par un appel apparemment urgent du bureau et il n'avait pas eu le temps de commander un café.

— Commandes-en un, toi. Moi, je le prendrai au bureau. Un déjeuner sans café c'est comme un repas sans pain, avait-il dit en se levant, après avoir posé deux billets de 50 euros sur la table.

Le père et la fille s'étaient embrassés rapidement mais je voyais bien sur leurs visages qu'ils avaient passé un moment très agréable ensemble. Au moins, elle garderait un excellent souvenir de sa dernière rencontre avec son fabuleux papa.

Laissée seule, Anne avait donc commandé un café. Elle avait appelé sa mère pour lui dire qu'elle avait « trouvé papa en pleine forme ». Je n'avais pas pu m'empêcher de penser qu'elle ne dirait pas la même chose dans quelques jours ! Elle avait récupéré les billets, réglé l'addition avec sa carte de crédit et laissé 5 euros de pourboire. Une famille formidable, je vous dis !

Un samedi, j'avais délaissé Xavier pour suivre Hervé, son fils, pendant toute la journée ; puis, un autre jour, j'avais filé Mme Bernard. Deux journées affreusement banales pour la mère et le fils.

Hervé avait été au bureau, puis il avait rejoint une blonde, trop plate à mon goût, qu'il avait présentée comme sa fiancée au patron d'une pizzeria de la rue des Canettes, le *Santa Lucia*, où il avait l'habitude de déjeuner. Ils avaient pris chacun une *pizza calzone* et bu un carafon de rosé avec une demi-bouteille d'eau pétillante. Le patron m'avait installé trop loin d'eux pour que j'entende leur conversation, mais cela avait peu d'importance car ils ne s'étaient pratiquement rien dit du repas.

Je les avais ensuite suivis dans les boutiques du quartier, jusqu'au Bon Marché où elle avait essayé un maillot de bain une pièce, de couleur mauve avec de larges raies blanches, et j'avais eu la chance (!) de constater qu'elle avait déjà de la cellulite, à son âge. Elle était vraiment mal proportionnée mais cela n'avait pas empêché Hervé de la complimenter, le vilain hypocrite :

— Il te va à merveille, ma chérie. Prends-le.

Je crois plutôt qu'il en avait marre de faire les magasins. Il n'avait même pas eu la courtoisie de lui offrir le maillot de bain et l'avait laissée payer les 285 euros avec sa carte Gold. Ça faisait cher le centimètre carré, comme aurait dit maman. Visiblement, la petite chérie n'était pas dans le besoin car elle avait ajouté un paréo bariolé qu'il avait trouvé « magnifique » à 199 euros... Hervé n'en avait pas sorti pour autant son portefeuille !

Autant j'appréciais sa famille, des braves gens, autant, lui, je ne l'aimais pas beaucoup avec son air de rat et de faux jeton. Si je n'avais pas eu une mission précise à remplir, je l'aurais volontiers planté, en bonus. Mais il ne devait y avoir qu'une seule victime dans cette famille. Il avait vraiment de la chance, ce garçon.

Ils avaient terminé l'après-midi dans un cinéma de la place de l'Odéon. Assis à côté d'elle, contraint de supporter son odeur de transpiration, j'avais dû payer 10 euros pour subir un film coréen dans la langue de leur pays complètement idiot. Ces deux imbéciles l'avaient pourtant beaucoup apprécié à en juger par leurs commentaires élogieux à la sortie. Il y a des coups de couteau qui se perdent ! Si j'étais resté jusqu'au bout de cette ineptie, c'était parce que j'étais curieux de voir où ils allaient finir la soirée, bref, s'ils allaient la terminer ensemble. Mais non, ils s'étaient séparés sur la place, après un rapide baiser sur la bouche. Visiblement, c'était elle qui avait refusé de le suivre et il n'avait pas insisté. Il ne devait pas avoir envie de ce tas de cellulite… Elle s'était engouffrée dans un taxi et lui dans le métro. Il était rentré directement chez lui pour une soirée en solitaire. Je l'avais abandonné à la porte de son immeuble du 17e arrondissement et j'avais attendu que la lumière s'allume au troisième étage pour rentrer enfin chez moi.

Quant à la journée passée à suivre sa mère, elle avait été encore plus ennuyeuse. Elle était sortie vers 11 heures et s'était rendue dans une association du 20e arrondissement où, avec d'autres bonnes bourgeoises, elle s'occupait de distribuer du lait et des petits pots à des familles de nécessiteux, pour l'essentiel des Africaines et des romanichels qui avaient trouvé là un moyen facile de nourrir gratuitement leurs gamins, et Dieu sait s'ils en font, ces gens-là. Quand ils ne revendent pas les marchandises… Au moins, Geneviève avait bonne conscience après une telle journée.

Quand je vous dis que cette famille était formidable !

Seule Cécile avait échappé à ma filature. Volontairement, car je préférais honorer sa photographie avec une régularité quotidienne et me réserver le plaisir de la découvrir pour de vrai, le jour des funérailles.

Je m'étais régalé de cette filature pendant seize jours, sans me lasser un seul instant. Et puis, un jour, j'avais été emporté par le désir irrépressible de voir enfin cette famille en deuil.

17.

Ne m'oubliez surtout pas

Depuis mon retour, à en croire le journal *Sud-Ouest* que je m'étais astreint à acheter tous les jours à la gare d'Austerlitz, l'un des rares endroits où on pouvait le trouver à Paris, l'enquête sur l'assassinat de Bidermann n'avait pas avancé. Le dernier article, qui datait de trois jours, ne faisait que rabâcher ce qui avait déjà été écrit et soulignait que la piste d'un règlement de comptes était toujours privilégiée. Comme il fallait bien que les journalistes pissent de la copie (comme ils disent dans le jargon de leur profession), cet article revenait sur la personnalité plus que controversée de Bidermann, ses opérations louches, ses liens supposés avec le milieu bordelais. On aurait aussi découvert, « selon des sources proches des enquêteurs », des transferts d'argent plutôt douteux. Bref, c'était tout juste si Bidermann n'avait pas cherché sa mort. Finalement, son assassinat n'avait fait que réparer un oubli de la justice et on pouvait lire entre les lignes qu'il n'était qu'une ordure de moins sur terre, que personne ne regrettait. Une sorte de ménage salutaire. Sauf que les policiers passaient pour des nuls ou, pire, pour des pleutres qui n'osaient pas s'aventurer sur des terrains trop glissants. Il n'y avait pas un mot sur la piste de l'homme qui l'avait accompagné pendant les dernières semaines de sa vie.

Aussi, tout cela avait fini par m'agacer. Que faisait cette imbécile de commissaire divisionnaire de Paris ? Pourquoi ne prenait-elle pas mes lettres au sérieux ? Il y avait longtemps que je n'avais pas aussi mal dormi et ma jambe, qui d'habitude me laissait tranquille, me faisait souffrir et me lançait au rythme des battements de mon cœur. Je vivais mal que cette femme me néglige…

Au petit matin, il n'était pas encore 6 heures, sans même prendre mon café, j'avais écrit au commissaire :

Madame le commissaire divisionnaire Pont,

Il semble que mes précédents avertissements soient restés lettre morte. Est-ce de l'incompétence ? Je n'ose y croire, ayant moi-même un grand respect pour la police et la qualité de ses enquêteurs. Du mépris ? Le refus de me prendre au sérieux ? Ce serait alors une grave erreur car j'ai engagé avec vous, et accessoirement avec vos services, une course commencée avec le regretté Vincent Dupuech (numéro 6) à Marseille et poursuivie à Bordeaux avec le non regretté Sylvain Bidermann (numéro 5). Je m'apprête à poursuivre ma mission et la démonstration infaillible de la théorie de Frigyes Karinthy. Je vais passer à l'action ce soir même. Il sera donc trop tard pour que vous puissiez le sauver. Mais, afin que cette fois vous me considériez avec le sérieux que je mérite, je vous adresse ci-joint la liste de la promotion 74 de la prestigieuse école de commerce HEC qui établit formellement le lien entre Bidermann et le numéro 4.

Ne m'oubliez surtout pas !

J'avais entouré le nom de Bidermann et inscrit un grand point d'interrogation dans la marge du document. Puis j'avais conclu la lettre avec un brin d'ironie qui, je l'espérais, allait l'agacer.

Au plaisir de vous retrouver ENFIN sur le terrain, Madame le commissaire divisionnaire.

J'avais marché de Nation jusqu'à la poste du Louvre, en poussant fermement sur ma jambe douloureuse. Cette lettre lui parviendrait trop tard, mais, cette fois, elle allait me considérer avec sérieux. J'étais revenu en métro, soulagé et calmé, pour prendre avec ravissement un petit déjeuner bien mérité.

18.
Au revoir, monsieur Bernard

Le cabinet de Xavier était situé au troisième étage sur rue d'un bel immeuble haussmannien du boulevard Malesherbes. J'avais négligé l'ascenseur, préférant, comme d'habitude, monter à pied. Un pas sur le tapis rouge imprimé, un pas sur la pierre. C'était l'occasion de faire travailler ma jambe gauche mais aussi de jouer à mon jeu favori, qui consiste à choisir arbitrairement un chiffre et à compter les marches. Ce soir-là, j'avais pris le chiffre 4. Logique, puisque j'allais tuer mon numéro 4… Un, deux, trois, quatre, un, deux, trois, quatre… Pour gagner, il faut tomber pile sur le chiffre 4 en arrivant sur le palier. J'avais gagné au premier étage et perdu aux deux autres.

C'était mon petit jeu depuis des années. Déjà, quand j'étais enfant, j'y jouais en montant les escaliers, mais aussi dans la rue entre les places de parking, ou encore en traversant sur les passages piétons et en prenant bien soin de ne poser le pied que sur les bandes blanches.

Un jour, un collègue du nom de Gilbert Vignon m'avait accompagné vers le ministère à la sortie du métro et avait remarqué que j'avais traversé la rue en m'amusant à ne poser le pied que sur les bandes blanches.

— Ma parole, t'as un toc. Comme ma sœur !

— De quoi ?

— Un trouble obsessionnel du comportement, pareil que ma sœur. C'est un toc. Pas grave mais c'est un toc…

— Tu veux dire que je suis cinglé.

— Mais non, c'est juste un toc, je te dis. T'es pas cinglé, t'es toqué !

Il avait ajouté, le sourire aux lèvres :

— Mais, tu sais, c'est moins emmerdant que ceux qui répètent « bite cul » en permanence. Ça, c'est le syndrome Gilles de La Tourette, et c'est beaucoup plus embêtant.

Ces remarques m'avaient blessé alors qu'il aurait dû n'y voir un petit jeu innocent. Qu'est-ce que cela pouvait bien lui faire que je m'amuse ? Pourtant il m'avait traité comme un grand malade, bon à passer dans les émissions de télévision de Jean-Luc Delarue. J'avais haussé les épaules et je n'avais pas poursuivi sur le sujet comme si je ne m'étais pas senti concerné. Comme tout le monde, je n'aime pas être surpris dans mon intimité. Pour cela, je l'avais aussitôt détesté, et j'avais alors lancé la conversation sur ses vacances ratées en Martinique d'où il était revenu blanc comme un œuf. Il avait plu pendant sept jours !

— Et dans ces pays, il n'y a rien à foutre quand il pleut. Qu'est-ce qu'on s'emmerde ! Ma femme était au bord de la déprime et mes gosses dans un état… Je te dis pas. Ils n'avaient jamais vu ça au club. Mais tu peux courir pour qu'ils te remboursent le séjour, les enfoirés.

J'avais eu ma revanche et, depuis ce jour, je ne lui avais plus jamais adressé la parole. Peu m'importait qu'il parle de moi comme d'un « gros connard ». Mais, franchement, qu'est-ce que j'en avais à faire de ses vacances sous les tropiques ?

« Un, deux… » Encore perdu ! J'étais arrivé au troisième. En poussant sur ma jambe, j'avais presque fait disparaître la douleur qui me lançait depuis le matin. Je sentais le contact jouissif de la lame le long de ma cuisse.

« Sonnez et entrez » était inscrit sur la plaque dorée de la porte. C'est ce que j'avais fait. Une petite Noire assise derrière un comptoir m'avait demandé de patienter, en me prévenant que M. Bernard aurait un peu de retard, « quelques minutes seulement ». J'avais attendu près d'une demi-heure, assis sur un siège de plastique blanc dans un coin de l'entrée. Je n'avais rien à faire d'autre que de l'observer derrière son comptoir, en train de répondre au téléphone. Malgré l'heure déjà tardive, elle ne cessait de décrocher pour prendre des rendez-vous, passer des communications, répondre que M. Bernard fils était déjà en ligne, noter des noms qu'il fallait rappeler. Régulièrement, des collaborateurs du cabinet passaient avec des dossiers sous le bras sans m'accorder la moindre attention. La petite Noire m'avait déjà indiqué à deux ou trois reprises que ça ne serait pas long. Pourtant, je ne manifestais aucune impatience, j'avais tout mon temps. Au contraire, je profitais de ces instants pour observer la vie encore très animée du cabinet (cela me changeait du ministère !). J'étais serein, sûr de moi et pas nerveux une seconde. Je me régalais de cette attente.

La secrétaire m'avait enfin demandé de la suivre, sans savoir qu'elle serait dès le lendemain le principal témoin de l'assassinat de son patron, qu'elle dresserait mon portrait-robot puisqu'elle était la seule à avoir bien vu mon visage, la seule à m'avoir parlé, à être restée près d'une demi-heure devant moi, cet homme d'une trentaine d'années qui avait rendez-vous à 19 heures, le mercredi 14 mars. C'était elle qui avait pris le rendez-vous avec M. Jean-Claude Radeau (je ne sais pas pourquoi j'avais choisi ce nom), qui souhaitait confier sa comptabilité à l'étude et qui avait insisté pour être reçu par M. Bernard père.

Un, deux, trois, quatre, j'avais compté mes pas dans le couloir jusqu'au bureau du patron qui donnait sur le boulevard. Un, deux, trois, quatre, et j'étais parvenu à la porte grande ouverte, pile sur le chiffre 4. Gagné ! Xavier s'était levé, tout sourires, la main tendue :

— Bonsoir, monsieur Radeau, et bienvenue à l'étude Bernard et fils !

La petite Noire avait refermé la porte et Xavier m'avait invité à m'asseoir en s'excusant du retard.

— C'est la période de clôture des comptes, m'avait-il donné comme explication. En ce moment, l'étude tourne à plein !

— Aucun souci, monsieur Bernard. J'ai tout mon temps.

— Ainsi, vous avez choisi notre étude ? Je vous en remercie. Vous avez frappé à la bonne porte, s'était-il rengorgé avant d'ajouter : C'est mon ami Rebouleau qui nous a recommandés ?

Je m'étais en effet recommandé de ce Rebouleau, avec lequel il jouait régulièrement au golf, pour obtenir un rendez-vous avec lui en personne et non avec un quelconque collaborateur. J'avais demandé le patron, rien que le patron, et refusé d'être reçu par le fils.

— Non, avais-je répondu, je n'ai pas choisi votre étude, je vous ai choisi, vous !

Il en avait rougi de plaisir, l'imbécile.

— Je vous remercie, mais nous avons des collaborateurs de talent à l'étude et il est possible que vous ayez aussi affaire à eux dans l'avenir. Si, bien sûr, vous nous confiez vos affaires.

— Non, monsieur Bernard, c'est avec vous seulement que je veux traiter.

— C'est beaucoup d'honneur, mais…

— Non, non. Laissez-moi vous expliquer.

— Expliquer quoi ?

Je l'avais senti soudain sur ses gardes, intrigué, étonné par le tour que prenait notre rendez-vous. S'il n'y avait pas eu la recommandation de Rebouleau, il se serait sans doute déjà débarrassé de moi mais il ne pouvait pas se le permettre. Dans son milieu, on ne fait pas ça à l'ami d'un ami.

— Vous expliquer pourquoi je vous ai choisi. Cela ne prendra que quelques minutes et ensuite nous passerons aux choses sérieuses.

Évidemment, il ne pouvait pas encore saisir la finesse de mes propos.

— Je vous écoute, monsieur Radeau.

Visiblement, il avait hâte d'en finir. Moi, non. Je trouvais exaltant d'être le seul à savoir que chaque seconde qui prolongeait la vie de cet homme affable ne tenait qu'à mon bon vouloir. Après tout, je pouvais encore décider de l'épargner.

— Mes affaires ont commencé à Marseille, avais-je raconté en jouant sur l'ambiguïté de la situation, auprès de mon premier associé, Vincent Dupuech. Elles m'ont ensuite conduit à Bordeaux où j'ai travaillé avec un homme appelé Bidermann. Ce nom vous dit sans doute quelque chose, monsieur Bernard.

— Non, avait-il répondu avec un nouveau soupçon d'agacement, mais il était trop poli pour mettre un terme à notre rendez-vous.

— Si, si, Bidermann, Sylvain de son prénom.

— Je ne vois pas.

— Ne me dites pas que vous ne le connaissez pas. Il était de la même promotion que vous à HEC. Vous êtes bien de la promo 74 ?

Là, il avait senti le danger, mais les convenances l'empêchaient toujours de réagir. Faute de pouvoir trouver une parade appropriée, il subissait, tandis que je restais le maître du jeu. La jouissance me picotait déjà l'entrecuisse… Je sentais mon sexe durcir.

— 74, en effet. Mais ce nom ne me dit rien.

— Vous êtes sûr ?

— Vraiment.

— Regardez.

J'avais sorti de mon attaché-case la photo de la promo. Je m'étais levé pour passer derrière lui.

— Là, c'est vous. Et ici, au troisième rang, c'est Bidermann. Vous vous souvenez de lui, maintenant ?

— À peine. Nous étions nombreux.

— Il faut absolument que vous vous souveniez de lui. C'est important, Xavier. Vous permettez que je vous appelle Xavier ?

— Si vous voulez.

— Alors, reprenons : est-ce que vous vous souvenez de lui ?

Il avait peur maintenant. La peur est si évidente parfois…

— La question n'est pas si je veux ou pas. Il faut que vous vous souveniez de Bidermann, sinon l'histoire n'a pas de sens. Faites un effort, fouillez dans votre mémoire.

— Quelle histoire ? avait-il articulé en tremblotant. Je ne comprends pas, monsieur Radeau.

— L'histoire de Frigyes Karinthy. Ou, plus précisément, la théorie de Frigyes Karinthy. Le numéro 6 connaît le numéro 5, et le numéro 5, le numéro 4. Et vous êtes le numéro 4.

— Le numéro 4 ? C'est quoi cette histoire ?

— Justement : la théorie de Karinthy. Donc, je vous repose la question : connaissiez-vous Sylvain Bidermann ?

— Je ne vois pas en quoi ça me concerne.

Il essayait de conserver un brin de dignité et il tenta :

— Il vaudrait peut-être mieux en rester là, monsieur Radeau.

Mais il s'était mis à transpirer. Debout, à quelques centimètres de lui, je voyais bien les fines gouttes sur son front. La peur, une vraie peur écœurante sortait de tous ses pores. Cet homme était en train de perdre ses repères. J'avais insisté :

— Le connaissiez-vous ?

— Sûrement.

— Forcément, monsieur Bernard, puisqu'il était de la même promo que vous.

— Forcément.

— Bien. Mais ce n'est pas suffisant.

Enfin la mémoire lui était revenue, comme une délivrance.

— Ah oui ! Bidermann. Sylvain Bidermann.

— Nous y voilà !

Du plus profond de lui-même, il voulait collaborer :

— C'était pas le plus brillant de la promotion, Bidermann. Mais c'était un garçon sympathique et malin. Je parierais ma chemise qu'il a dû réussir. Vous savez ce qu'il est devenu, monsieur Radeau ?

— Il est mort.

— Mort ?

Il avait eu un bref sursaut.

— Mais que voulez-vous à la fin ?

Il ne supportait plus de me sentir à ses côtés, debout. Il avait tenté de se lever, mais avec si peu de conviction qu'il avait suffi que je pose une main autoritaire sur son épaule pour qu'il y renonce.

— J'ai une dernière question, monsieur Bernard. Est-il envisageable qu'un jour vous lui ayez serré la main ?

— Serré la main ?

— Oui, serré la main. C'est très important. Je ne voudrais pas m'être déplacé pour rien. Vous qui êtes expert-comptable, vous savez bien que le temps, c'est de l'argent ! avais-je plaisanté, histoire de détendre l'atmosphère.

Il n'avait pas relevé mon bon mot. Au contraire, il avait bredouillé :

— Si vous voulez…

— Ce n'est pas ce que je veux qui est important. Lui avez-vous serré la main, oui ou non ?

Pour la première fois, il avait tourné son visage vers moi, surpris de n'avoir face à lui qu'un homme impassible. Il avait repris un peu de courage, et était presque curieux de savoir où cette conversation allait mener.

— Oui.

— Alors, répétez après moi : oui, j'ai serré la main de Sylvain Bidermann.

— J'ai serré la main de Bidermann.

— De Sylvain Bidermann, avais-je insisté. Dites : j'ai serré la main de Sylvain Bidermann, mon camarade de promo.

— J'ai serré la main de Sylvain Bidermann, mon camarade de promo, avait-il répété d'une voix neutre. Vous êtes satisfait maintenant ?

J'avais vaincu cet homme, avachi dans son siège de cuir, transpirant et veule. Je bandais comme jamais, tout près d'éjaculer.

— Satisfait, oui. Vous êtes bien le numéro 4, cher monsieur.

Soudain, il avait paniqué, voulu se lever, s'enfuir. J'avais saisi ses cheveux, tiré sa tête en arrière et lui avais tranché le cou d'un mouvement précis et rapide. Son « au secours » n'était qu'un râle de souffrance. Je l'avais encore piqué trois autres fois, dans le cœur, l'abdomen et le poumon droit. J'avais essuyé le couteau sur son pantalon.

Enfin j'avais inscrit le chiffre 4 sur le cadre où il posait en compagnie de Geneviève et de ses enfants, puis sur son front, pour le plaisir. Il me restait seulement à prendre sa photo, mort, les yeux encore ouverts.

Alors seulement, j'avais joui.

— Au revoir, monsieur Bernard, avais-je dit d'une voix forte en refermant la porte du bureau.

La petite Noire n'était plus là mais, dans l'entrée, j'avais croisé Hervé, avec son air de premier de la classe.

— Tout s'est bien passé, monsieur Radeau ?

— Très bien, merci. Vous connaissez mon nom ? m'étais-je étonné.

— Les affaires de mon père sont aussi les miennes, c'est le secret d'une maison bien tenue. À bientôt, j'espère.

— Dépêchez-vous, je crois que votre père vous réserve une bonne surprise. Au revoir, monsieur Hervé Bernard.

— Je vois que vous connaissez aussi mon nom ! avait-il répliqué en se dirigeant vers le bureau de son père.

Un, deux, trois, quatre, un, deux, trois, quatre. J'avais gagné deux fois en descendant rapidement l'escalier. Au deuxième et au rez-de-chaussée.

19.
Sophie Pont : les pleins pouvoirs

L'enquête sur l'assassinat de l'expert-comptable Xavier Bernard me revenait. Personne ne pouvait le contester. Les conditions dans lesquelles avait été tué ce notable, très bien introduit dans les hautes sphères, avaient fait les gros titres de la presse nationale pendant plusieurs jours. Une information judiciaire pour assassinat avait été ouverte et le juge Gilbert avait été nommé. Je le connaissais bien. C'était un mou, et je savais y faire avec lui. Il ne serait pas un obstacle.

En haut lieu, ON voulait des résultats rapides, et ON m'avait demandé de m'investir en personne dans cette enquête. Je n'en voulais pas plus. Une chose était sûre : l'enquête était prioritaire et je n'avais pas intérêt à merder. Mais ceux qui me connaissent savent qu'il en aurait fallu beaucoup plus pour m'impressionner, je suis ainsi faite. Au contraire, tout cela m'excitait au plus haut point et j'avais la certitude absolue que j'allais réussir.

Jusqu'à présent, j'avais gardé pour moi seule les premières lettres de ce fumier. Je n'avais pas jugé opportun de les communiquer à mes collègues de Marseille et de Bordeaux. C'était une carte trop importante pour que je la partage avec n'importe quel flic. C'était à moi que ce fumier avait écrit et pas à eux. J'avais donc attendu patiemment que cette ordure tue une troisième personne. J'étais persuadée qu'il allait frapper à Paris, dans ma juridiction, puisqu'il m'avait choisie comme unique interlocutrice. Il ne pouvait pas me laisser plus longtemps en dehors de ce qu'il appelait sa « mission ».

Le lendemain même de l'assassinat de Bernard, j'avais immédiatement informé ma hiérarchie de l'existence de ces lettres. L'affaire me revenait. Dans un premier temps, ces messieurs n'avaient pas voulu y accorder une importance démesurée. C'était, bien sûr, une piste à considérer de très près, mais cependant « il était prématuré d'affirmer qu'il y avait un lien entre l'assassinat de Paris et ceux de Marseille et Bordeaux ». Au ministère, ON m'avait recommandé la plus extrême prudence sur ces hypothèses. « Cela supposerait que nous avons affaire à un tueur en série particulièrement pervers. Nous ne préférerions pas. »

Pour commencer, et pour le simple plaisir de me défouler, j'avais copieusement engueulé les deux lieutenants de police qui avaient bâclé l'enquête sur l'assassinat de Dupuech, sans cependant demander au juge de Marseille la levée d'écrou de l'individu qui avait reconnu le meurtre... Après tout, ce crime ne relevait pas de ma juridiction. Peu importait s'il s'était déjà fait tabasser par des détenus, une seconde raclée ne lui ferait pas de mal... Celui-là pouvait bien continuer à moisir en taule, c'eût été reconnaître trop vite la piste du *serial killer*. J'avais bien compris qu'ON n'y tenait pas pour l'instant...

Officiellement donc, je n'étais chargée que de l'enquête sur l'assassinat de Xavier Bernard, une enquête jugée suffisamment prioritaire pour qu'on la confie à un policier de mon importance. J'avais donc retenu les meilleurs et nous avions travaillé tout le week-end, par roulement, vingt-quatre heures sur vingt-quatre. J'avais dormi sur le canapé de mon bureau et je n'avais même pas trouvé le temps de passer chez moi pour me changer. L'homme avait laissé toutes les traces possibles dans les bureaux de Bernard : ses empreintes digitales, son ADN, et grâce à son fils et à la secrétaire nous avions établi un portrait-robot si parfait qu'il était quasiment une photo. Il était surtout la réplique exacte du portrait-robot établi à Bordeaux, avec les mêmes empreintes. Il fallait l'admettre désormais : nous avions affaire à un tueur en série particulièrement pervers.

J'avais refusé pour l'instant de communiquer le portrait-robot à la presse et j'avais décidé de garder cette carte en réserve. Je voulais qu'il se croie toujours invulnérable.

De mon côté, j'avais repris un à un tous les rapports de police. À petits traits, j'avais bâti l'histoire entre les trois meurtres, comment ils étaient reliés les uns aux autres. Confrontée à l'évidence, ma hiérarchie commençait à s'affoler et à réclamer des résultats rapides, mais je l'avais rassurée, même si je savais que les choses n'allaient pas aussi vite dans une enquête pareille.

Dès le lundi matin, j'avais demandé au juge Gilbert de lancer des commissions rogatoires dans toutes les directions. Le mercredi, j'avais déjà une vision précise de l'enquête. Nous avions pu établir son emploi du temps depuis le premier assassinat. Je continuais à conserver ces informations pour moi, ne voulant à aucun prix que Bordeaux et Marseille s'en mêlent.

J'avais également fait installer une surveillance permanente à la poste du Louvre, persuadée qu'il m'enverrait tôt ou tard un message puisque les lettres qu'il m'adressait faisaient partie de son jeu.

Bref, tout avançait comme je le souhaitais, n'eût été cette connasse de Rachel qui se mêlait de tout, avec son petit air de sous-entendre : « Je vous l'avais bien dit qu'il y avait un lien entre les trois meurtres… » Aussi, pour lui faire regretter son arrogance, je lui avais imposé de travailler le week-end, ce qui l'avait obligée à faire garder ses deux gosses.

— Vous récupérerez plus tard, lui avais-je précisé sans plus de détails.

Cette petite pute à flics avait mérité d'être remise à sa place. Et que c'était bon de la punir sans qu'elle ose protester !

20.

Rachel

Rachel n'avait toujours pas compris pourquoi Pinpon, comme ils la surnommaient tous au quai des Orfèvres, ne l'aimait pas alors qu'elle ne cherchait qu'à la satisfaire au mieux. Dans sa naïveté, elle ne pouvait pas imaginer que le commissaire la surnommait « la pute à flics ». Au contraire, elle la défendait quand un collègue la traitait méchamment de « sale gouinasse ». Sa chef, une lesbienne, c'était inconcevable à ses yeux. Elle la plaignait plutôt de ne pas avoir d'homme dans sa vie. Car, à son poste, le meilleur pour observer et savoir ce qui se passait au « 36 », Rachel avait vite compris qu'aucun homme n'appelait Sophie Pont. Elle prenait si peu d'appels personnels.

Si elle se laissait rabrouer, humilier parfois, c'était seulement dans l'espoir qu'un jour Pinpon finirait par l'apprécier. Et quand elle soulignait un peu trop son titre de « commissaire divisionnaire », c'était juste par respect. Même si elle était brutale et cassante, très méchante parfois, Sophie Pont était une grande policière qui avait su s'imposer dans ce monde d'hommes. En réalité, elle l'admirait.

Pinpon portait son éternelle veste rose pâle, un pantalon gris et des mocassins noirs. Rachel ne trouvait pas cette femme aussi moche que l'affirmaient les filles du « 36 », quand elles se retrouvaient à la cantine.

« Elle est plus revêche que laide », soutenait-elle, tandis que pour les autres « avec sa gueule c'était pas étonnant qu'elle n'ait pas de mec ». Toutes se demandaient comment Rachel pouvait la supporter.

— À ta place, il y a longtemps que je l'aurais envoyée se faire foutre, avait affirmé la petite Annabelle du cinquième.

— C'est une sadique !

— Une gouinasse !

— Elle se fait lécher par son chien !

— Mais elle n'en a pas, les filles ! Soyez sympas !

— Alors, achète-lui un pitt-bull, il paraît que ce sont des lèche-minous de première !

— Il n'y a qu'un animal qui peut s'occuper de cette bête-là.

À chaque fois, ces conversations tenues dans un coin discret de la cantine finissaient par des remarques de plus en plus grivoises. Rachel se laissait entraîner dans l'hilarité générale.

— Ah ! ça fait du bien de rire. Hein, les filles ? disait la grosse Bernadette du troisième.

Les filles se défoulaient sur le divisionnaire Pinpon et toutes étaient d'accord sur un point : pour rien au monde, elles ne voudraient travailler avec la « sale gouinasse ». Toutes plaignaient Rachel d'avoir à « se la coltiner toute la journée ».

Rachel se demandait toujours ce que les filles pouvaient dire sur elle, une fois qu'elle les avait quittées.

Probablement pas que des gentillesses, vu sa réputation au commissariat. Car, si les autres pouvaient encore un peu traîner à la cantine, Rachel n'avait droit qu'à une demi-heure de pause et elle n'avait pas envie de se prendre une réflexion de sa chef.

21.

Sophie Pont et l'avis de Rachel

Nous disposions enfin de son profil psychologique. Le rapport d'expertise graphologique nous était parvenu le mardi, en fin d'après-midi.

— C'est saisissant, avait osé commenter mon assistante Rachel en me le présentant. Ce gars est un grand malade.

Visiblement, alors que rien ne l'y autorisait, elle l'avait déjà lu. Je n'avais pas pu m'empêcher de la remettre à sa place. À force de la rudoyer, elle finirait bien par comprendre.

Le rapport de Robert Maillard, une sommité en la matière, était conforme à ce que j'attendais. Notre homme présentait une « personnalité paranoïaque à thème de persécution ». L'étude des trois lettres démontrait son égocentrisme et ses tendances mégalomaniaques. Le professeur avait relevé d'autres caractéristiques propres à ce genre de personnage : méfiance, psychorigidité, suspicion injustifiée, hypersensibilité et limitation des expériences affectives. « Il a tendance à déformer la réalité en interprétant comme hostiles ou déformées les actions neutres ou bienveillantes des autres. Il a de plus une conception agressive et obstinée de ses droits personnels. De tels sujets ont tendance à la jalousie et à la surestimation du moi. » Ce fumier était également décrit comme intelligent et calculateur. Et le professeur concluait par ces mots : « C'est un être responsable et lucide. Il lui manque la faculté d'empathie, la capacité de se mettre à la place des victimes, de prendre en compte leurs souffrances. »

Bref, en quelques jours seulement, nous avions réalisé un travail colossal qui m'avait déjà valu des félicitations en haut lieu. Ils avaient dû se rendre à l'évidence : tout convergeait vers le même individu. Je m'étais montrée rassurante : « Il nous suffit maintenant de mettre un nom sur ce visage banal. C'est une question de jours. »

La seule à apporter un bémol à l'optimisme général était cette pauvre conne de Rachel : « Il va être dur à coincer. » Son intervention m'avait tellement surprise que je n'avais pas pu m'empêcher de lui demander pourquoi. Elle m'avait répondu de sa petite voix contrite, si énervante :

— Je ne veux surtout pas que vous le preniez mal, madame le commissaire divisionnaire, mais, et ce n'est que mon avis, ce type-là a une longueur d'avance sur nous, et tant qu'il l'aura, on sera battus. Il est plus fort qu'on ne le croit.

J'avais répliqué, cassante :

— Moins que nous, ma petite… moins que nous. Mais qu'est-ce que vous feriez puisque vous êtes si forte ?

— Je ne sais pas, mais ce que je vois, c'est qu'il va trop vite pour nous. Tant qu'il aura un coup d'avance, nous serons battus. Maintenant, madame le commissaire divisionnaire, ce n'est que l'avis d'une simple secrétaire. Mais, si je puis me permettre, il travaille déjà sur celui qui sera sa prochaine victime, et c'est ce que nous devrions essayer de trouver. C'est comme ça qu'on l'aura. Il faudrait avancer plus vite que lui. Encore une fois, si je peux me permettre…

Elle était si agaçante avec ses certitudes que je l'avais envoyée me chercher un café, le quatrième de la matinée. Et je m'étais surprise à lui crier, tandis qu'elle sortait en remuant du cul :

— Sans sucre cette fois !

Cette fille n'allait quand même pas me gâcher la journée alors que nous avions tant progressé ! En m'apportant mon café, elle avait encore osé poser cette question :

— Pourquoi vous écrit-il en personne ?

Je n'avais pas pris la peine de faire attention à sa question mais je connaissais la réponse. Elle était sortie du bureau sans prononcer un autre mot.

Quant à laisser une longueur d'avance à ce fumier, cela ne regardait que moi, désormais.

Aujourd'hui avaient lieu les funérailles de Xavier Bernard, et j'y avais envoyé en surveillance une équipe parisienne. Ce type était tellement taré et sûr de lui qu'il était bien capable de s'y rendre. Rien n'arrête un mégalo. J'étais bien placée pour le savoir.

22.
Je suis le plus fort

À peine sorti du métro, place de la Madeleine, la première chose que j'avais remarquée, c'étaient des policiers en civil mêlés à la foule, plusieurs centaines de personnes venues assister aux funérailles de mon Xavier à l'église de la Madeleine. Rien que ça !

Le faire-part de décès avait occupé une pleine colonne du *Figaro*. Ce fut pour moi une réelle satisfaction de constater à quel point cet homme avait de la famille, des amis, des relations. Que « des gens de la haute », comme disait maman. Son assassinat continuait à occuper les journaux. J'avais même eu droit aux commentaires désobligeants de Poivre d'Arvor. J'étais curieux de voir comment ce journaliste, que je respectais beaucoup, allait parler de moi dans son journal télévisé. Mais il m'avait déçu en qualifiant mon acte de sordide et de monstrueux. Il n'avait décidément rien compris. Aussi, le soir même, je lui avais demandé dans une lettre adressée à TF1, 1 quai du Point-du-Jour, 92120 Boulogne-Billancourt, qu'il fasse pour une fois son travail de journaliste, et je lui avais expliqué que mon geste, loin d'être celui d'un malade, était, au contraire, un geste mûrement réfléchi, obéissant à une logique que lui et ses confrères comprendraient et salueraient bientôt. Je ne sais pas si ma lettre lui est parvenue, mais il n'en a jamais fait état dans ses journaux. J'en suis certain puisque je les avais tous regardés. Il s'était borné à répéter les mêmes inepties que ses confrères, dont tous les journaux étaient truffés. On ne m'avait pas accordé la place et l'intérêt que j'aurais mérités si ces messieurs avaient fait correctement leur métier.

En tout état de cause, en m'approchant de l'église, j'avais réalisé avec une certaine fierté que je n'avais pas éliminé n'importe qui, un homme capable de rassembler autant de monde, sans compter les journalistes, toujours aussi envahissants, et les policiers. J'en avais déjà aperçu quatre, mais il y en avait peut-être plus. Ils étaient faciles à repérer, un peu à l'écart, avec leurs têtes de policiers, et leurs fringues ordinaires. Ils faisaient tache dans cette assistance de gens aisés. Ils ne s'intéressaient pas à la cérémonie mais passaient la foule en revue dans l'espoir de m'apercevoir. J'avais noté qu'ils consultaient régulièrement un papier, sans doute mon portrait-robot. La standardiste noire avait dû les aider à lc dresser et il était probablement assez ressemblant.

Je ne suis pas idiot. Ça, je pense que vous l'avez compris. Si je tenais absolument à assister aux obsèques de mon Xavier, je savais aussi que la cérémonie serait surveillée de près.

J'avais mis trois jours pleins à fabriquer un personnage, que j'avais d'abord testé auprès de mes voisins de palier puis de ma petite Chinoise. Personne n'avait reconnu Julien Dussart (moi) dans cet homme élégant, en costume sombre, d'une cinquantaine d'années, les cheveux gris (grâce à une perruque achetée 225 euros chez Any d'Avray), de grande taille (grâce à des talonnettes que j'avais moi-même clouées sous une paire de mocassins), portant de fines lunettes d'écaille. Pour plus de sécurité, j'avais suivi maman chez M. Charlet et j'avais eu le plaisir de l'entendre raconter que son fils (moi, encore !) avait eu de l'avancement au ministère avec une augmentation de 300 euros nets. Le ministre en personne avait tenu à me féliciter pour la qualité de mon travail à Bordeaux, c'était du moins ce que je lui avais confié hier soir au téléphone. Reconnaissez que cela fait chaud au cœur d'entendre sa maman être si fière de son fils.

Elle ne m'avait pas remarqué dans l'homme qui l'avait légèrement bousculée et qu'elle avait pourtant bien dévisagé en s'excusant. C'était tout maman : on la bousculait et elle demandait pardon…

Sous ce déguisement, incognito et insoupçonnable, je serais allé embrasser la famille et j'aurais choisi une bonne place pour suivre la cérémonie dans les premiers rangs, entre une cousine germaine en larmes que j'aurais dû soutenir au moment de l'homélie et le très digne président du Rotary Club… Pourtant, au dernier moment, le matin même, j'avais abandonné cette idée complètement stupide de me grimer pour aller aux obsèques. Julien Dussart ne se déguise pas ! S'il doit jouer, ce n'est pas en trichant. Le jeu n'en sera que plus excitant. J'éprouvai même une certaine honte à avoir pensé me déguiser. Comment avais-je pu imaginer un stratagème aussi stupide ? Ce n'était vraiment pas digne de ma mission. J'avais tout jeté à la poubelle, ce déguisement ne servirait jamais.

Dès l'instant où j'étais sorti du métro Madeleine (sortie rue Tronchet, pour ceux qui connaissent), je m'étais senti invulnérable, j'avais l'absolue certitude que ce n'était pas aujourd'hui qu'ils m'auraient. Ne croyez surtout pas que c'est parce que la chance sourit aux audacieux. Tout est question de psychologie. Je m'explique : dans la vie, il y a les dominés et les dominants, les gagnants et les perdants. Quand on est du bon côté, rien ne peut nous arriver.

Comme je me suis permis de l'indiquer un peu plus haut, je ne suis pas idiot. Dans un premier temps, j'avais observé les alentours de cette église majestueuse, et ainsi j'avais pu aisément repérer les policiers. J'avais profité d'un mouvement de foule à l'arrivée du convoi funèbre, suivi de la famille du défunt, pour pénétrer dans l'église et occuper une place discrète dans cette foule de parents et d'amis, si pitoyables avec leurs mines de circonstance, mélange de tristesse et de gravité.

Je répète que je me sentais vraiment en sécurité, à l'abri, presque euphorique. À l'intérieur, j'étais bien placé, ni trop près ni trop loin, avec une bonne vue sur la famille, sa femme et ses trois enfants. Tous en noir. De l'endroit où j'étais, je pouvais constater les ravages de la douleur sur leurs visages quand ils se retournaient pour saluer des amis. Leurs yeux rougis, les traits si fatigués. En voilà qui allaient mettre des mois à s'en relever… J'avais aussi vu arriver la petite standardiste de couleur. Je l'avais presque oubliée, celle-là. Elle était pourtant la principale personne capable de me reconnaître et je devais m'en méfier. Je l'avais suivie du regard jusqu'à la place qu'elle occupait au huitième rang (soit onze rangs devant moi), où elle avait rejoint ceux qui devaient être ses collègues de bureau, avec leurs têtes de premiers de la classe, comme j'en avais tellement vu au ministère pendant mon autre vie. J'avais fini par les exécrer. Ils ne m'aimaient pas, et il ne fallait pas être grand clerc pour le ressentir. Mais je ne les aimais pas non plus. Aucun. Qu'ils le sachent en lisant ces lignes, ce récit aura au moins servi à quelque chose !

Je ne plaisante pas. Si mes anciens collègues apprennent que je n'avais pour eux que du mépris mêlé à de la haine, cela ajoute à cette histoire une petite satisfaction très égoïste mais bien agréable.

J'avais eu beau prier et chanter avec les autres, la cérémonie m'avait paru interminable. À les entendre tous, « un grand homme nous avait quittés ». À franchement parler, et vous savez que je ne vous cache rien, je n'en pouvais plus d'entendre dresser ses louanges. C'est incroyable comme on devient inoubliable le jour de ses funérailles… Les louanges comme les fleurs, il vaut mieux les recevoir de son vivant…

J'avais dû subir (mais étais-je le seul dans ce cas ?) l'hommage de l'abbé Morandi, « ce magnifique chrétien » ; puis celui du président de la chambre des experts-comptables, « ce grand professionnel admiré et respecté, à la tête de l'une des plus belles affaires de France » ; et du président des anciens élèves d'HEC, « un compagnon si dévoué, l'âme de l'équipe de rugby de l'époque, jamais le dernier à profiter pleinement de la vie, inoubliable animateur de troisièmes mi-temps ». Subir aussi les prières de ses enfants, qui s'étaient succédé au pupitre sous le thème rebattu de « mon père, ce héros »… Anne n'avait même pas pu terminer la lecture de l'Évangile et Hervé avait dû la raccompagner à sa chaise où elle était tombée dans les bras de sa mère. La veuve forçait l'admiration de tous par sa dignité. Pourtant, réalisait-elle que cette foule, qui s'était ruinée en fleurs et en couronnes, aurait vite oublié mon Xavier ? Il ne serait plus qu'un souvenir parmi tant d'autres. Demain, une autre disparition les occuperait. Seule la façon dont il était mort lui permettrait de ne pas être tout à fait oublié.

Vous comprenez pourquoi je n'aime pas beaucoup les gens ? Ils sont tellement inconstants et infidèles. Finalement, cette famille que j'avais anéantie n'en aura jamais vraiment fini avec son deuil et sa douleur si visible aux yeux de tous, en cet après-midi de mars.

J'étais pris soudain d'une érection magnifique que je me promettais de calmer sitôt revenu à la maison, ou, mieux, dans un sex-shop de Pigalle à seulement cinq stations de métro (c'est direct depuis Madeleine, direction porte de la Chapelle).

J'aurais aimé me mêler à la longue procession de la foule présentant ses condoléances à cette famille détruite. J'aurais embrassé avec affection les deux filles, salué Geneviève en lui disant : « J'aimais beaucoup votre mari », et vigoureusement serré la main d'Hervé en l'accompagnant d'une tape amicale sur l'épaule. Puis j'aurais béni le cercueil recouvert de fleurs.

Mais je n'avais pas voulu m'exposer davantage et j'étais resté en retrait à les observer, à attendre le meilleur moment pour m'éloigner. J'étais à l'abri au milieu de la foule, massée à l'entrée de l'église, et qui hésitait à sortir à cause de la pluie et du vent.

J'avais cependant une dernière formalité à accomplir. Je ne voulais pas partir sans prendre l'un des livres de condoléances mis à disposition à l'entrée de l'église. Il me le fallait absolument car ce serait une mine d'informations. J'avais donc remonté la file des relations qui inscrivaient un mot de soutien et, surtout, leurs coordonnées. Je n'avais pas laissé à un homme d'un certain âge, soixante à soixante-cinq ans environ, le temps d'écrire son nom et son adresse. Il m'avait regardé, interloqué, sans savoir comment réagir. Au lieu de protester faiblement, il aurait dû remercier le ciel de n'avoir pas eu le temps d'écrire ses coordonnées, ainsi il ne pourrait pas être la prochaine victime puisque je ne saurais rien sur lui, à l'inverse de tous ceux qui l'avaient précédé. À la place du livre, j'avais laissé sur le pupitre l'enveloppe que j'avais préparée avant de venir : « *Aux bons soins du commissaire divisionnaire Pont.* » À l'intérieur j'avais simplement écrit : « *Le prochain était là.* »

Il était impossible, toute bornée qu'elle soit, qu'elle ne comprenne pas…

Je m'étais bien aperçu de l'effervescence et de l'agitation dans l'église, derrière moi, mais je m'étais éloigné sans me précipiter, profitant de l'abri du parapluie que m'avait offert une dame, qui avait eu le temps de se présenter comme une amie très proche de la famille tandis que nous descendions les marches.

— Quel malheur ! avait-elle ajouté. Je suis anéantie. Les pauvres gens, ils ne méritaient vraiment pas ça. Une si belle famille, si unie.

— Moi, je suis le dernier à l'avoir vu vivant, avais-je fanfaronné, un aimable sourire aux lèvres, en l'abandonnant au pied des marches.

Elle aurait des choses à raconter aux enquêteurs. Invulnérable, je vous dis !

Après une telle journée, je pouvais être fier de moi, non ?

Mon érection était toujours puissante en sortant du métro Pigalle. Pour ceux qui seraient tentés d'y faire un tour, le *Sexodrome* se trouve à 72 pas en sortant sur la gauche.

23.

Monsieur Wasmeau et madame Martinez

Le livre de condoléances fut pour moi une source de réjouissance permanente pendant les jours qui suivirent les funérailles de Xavier. Je ne me lassais pas de la lecture des noms et des commentaires, pour la plupart assez banals : « Un ami à jamais regretté », « Je te pleure, Xavier », « Ta bonté et ta joie de vivre nous manqueront », ou encore ces mots d'un camarade de golf : « Tu as fini le parcours trop vite, comme la partie n'était pas terminée, attends-moi, là-haut, au trou 18. » C'était tellement idiot que, pendant quelques jours, celui-là avait eu ma préférence.

Il s'appelait Pierre Wasmeau, avait cinquante-huit ans, portait beau mais était déjà à moitié chauve et plutôt enveloppé malgré la pratique de son sport ; il était marié, avait deux enfants, résidait à La Celle-Saint-Cloud et il était à la tête d'une importante agence immobilière. Tout ce que j'aimais : un bourgeois plein de fric, sûr de lui, un peu malhonnête car ils le sont tous dans l'immobilier, avec, bien sûr, une maîtresse. « Sa poule », c'était ainsi que maman appelait ce genre de fille, était une fausse blonde de vingt-cinq ans à qui on aurait donné le bon Dieu sans confession, comme disait aussi maman en parlant des gens qui lui paraissaient trop honnêtes ; elle travaillait comme responsable de clientèle dans l'agence du monsieur… Ce faisant, il couchait avec elle deux après-midi par semaine, le mardi et le jeudi, à l'hôtel *Concorde Lafayette*, après avoir déjeuné au restaurant *Le Congrès* de la porte Maillot. Il prenait toujours une sole meunière accompagnée d'une demi-bouteille de sancerre. Et tout cela était payé par l'entreprise, je suppose… Le soir même, j'avais envoyé une lettre circonstanciée à l'administration des impôts pour l'informer des agissements de ce monsieur.

Mademoiselle ne buvait pas, mais je voyais bien qu'elle l'excitait, son pépère, avec son tailleur sombre et ses bas noirs… Je me demanderai toujours comment un homme, a priori pas trop sot, peut se faire avoir aussi facilement. Il lui prenait la main avec un air tellement niais… Elle semblait le trouver si intelligent et plein de charme que c'était pitoyable de le voir amoureux.

Pierre m'avait ainsi permis de passer agréablement le temps pendant une douzaine de jours, mais il était tellement prévisible et si affreusement banal que j'avais décidé de l'épargner. Il m'avait amusé un moment, histoire surtout de renforcer le sentiment de puissance que j'éprouvais au fond de moi depuis que je m'étais lancé dans cette aventure passionnante. Un sentiment renforcé par le contact glacé de la lame, glissée en permanence le long de ma jambe. Il m'aurait été très facile de le planter, par exemple dans l'ascenseur du *Concorde Lafayette*, mais ma mission méritait mieux que cet imbécile.

En quelques secondes à peine, il ne m'avait plus intéressé et je l'avais abandonné à la porte du *Congrès* sans même attendre l'arrivée de sa jeune maîtresse qui était toujours en retard, histoire de faire chauffer son vieux. Quand ces lignes seront publiées, il réalisera d'abord ce à quoi il a échappé pendant quelques jours, et, surtout, sa femme apprendra qu'il la trompait deux jours par semaine ! Espérons qu'un divorce accompagnera ces révélations… Mais suivre Pierre avait été ma petite récréation. Bien méritée.

Cependant mes journées restaient parfaitement réglées. C'était nécessaire, et obligatoire au bon accomplissement de ma mission. Il n'était pas question que je me laisse aller, comme certains, avec des grasses matinées et des horaires décalés. Je ne voulais pas m'accorder le moindre relâchement. Je n'avais pas à me forcer, car, depuis tout petit, j'aimais l'ordre et désapprouvais l'absence de règles quotidiennes. Je continuais donc à me lever tous les jours, même le dimanche, à 7 h 30. Vous connaissez la suite : petit déjeuner (café et deux tartines avec du beurre et du miel), toilette, ménage (lessive le mardi et repassage le jeudi). Ensuite, je faisais travailler ma jambe pendant une heure en poussant jusqu'à Daumesnil. Retour à la maison où je déjeunais en regardant le journal de la deuxième chaîne, car, à l'inverse de maman qui ne jurait que par lui, je n'ai jamais beaucoup apprécié Jean-Pierre Pernaut. Trop populaire à mon goût. Avec mon café, je lisais *L'Équipe*, mon grand plaisir de la journée, et ensuite je me mettais au travail. D'abord lire la presse du jour, fouiller la presse régionale sur Internet, et enfin trouver des informations sur les personnes qui avaient signé le livre de condoléances. Restait à répertorier tout ça et ma journée était terminée. Je descendais chez ma petite Chinoise qui, je l'aurais juré à en juger par son accueil tout sourires, était de plus en plus amoureuse de moi.

Mais je laissais filer car je ne pouvais pas m'encombrer d'une fille, si amoureuse soit-elle. Pour accomplir ma mission, cela aurait même été encore plus néfaste. Mais je reconnais que je n'étais pas insensible au fait de plaire à cette jeune et jolie fille, toute chinoise qu'elle fût.

Les noms et les adresses des 197 autres candidats au titre de numéro 3 figuraient dans le livre de condoléances. Je prenais mon temps pour choisir, rien que pour le plaisir… Avoir le droit de vie ou de mort sur une personne procure un sentiment de puissance que je vous souhaite d'éprouver un jour. Je vous donne peut-être l'impression de me répéter mais savoir que le sort d'un individu dépend de votre seul bon vouloir, c'est… comment dire… extraordinaire. Oui, extraordinaire, et pardonnez-moi si je n'ai pas trouvé un meilleur adjectif pour exprimer le sentiment qui m'avait animé, poussé, pendant ces semaines, depuis le début de ce récit, depuis ce bon Vincent Dupuech.

Il y avait toutes sortes de gens dans cette longue liste. Je n'avais que l'embarras du choix et je m'en délectais. J'étudiais chaque cas avec minutie sans me laisser guider par le hasard ou l'instinct. Puisque la théorie de Frigyes Karinthy était juste, le suivant était forcément proche de ma cible, et j'avais donc encore deux personnes à tuer avant de l'atteindre. Il était inconcevable que j'échoue et que je porte le poids de cet échec pour le restant de mes jours en regardant ma cible continuer à vivre.

En dépit de tous les éléments que j'avais laissés à la disposition des enquêteurs, empreintes et portrait-robot pour ce qui était le plus exploitable, ceux-ci semblaient toujours dans le brouillard. Je restais un adversaire anonyme avec mon physique tellement passe-partout, et la publication de mon portrait en première page du *Parisien* et de plusieurs journaux de province, me présentant comme l'égorgeur de l'expert-comptable, était restée sans écho. Mais cela avait attiré l'attention sur quelques malheureux qui avaient dû passer de sales moments dans les commissariats. J'avais ainsi appris que l'un d'eux avait fini par avouer l'assassinat d'une concubine dix ans plus tôt, assassinat qui était passé à l'époque pour un accident. Un autre, au Havre, était aussi tombé pour trafic de cocaïne.

Il ne fallait pas me ressembler, messieurs ! D'ailleurs, soit dit en passant, j'avais trouvé qu'ils ne me ressemblaient pas beaucoup, ces deux imbéciles. Le commissaire Pont devait en être malade, surtout de la façon rocambolesque et humiliante dont je lui avais échappé aux funérailles de mon Xavier. Pour être tout à fait franc, je n'en étais pas peu fier, j'avais démontré une fois encore mon invincibilité.

Vous ne serez pas surpris d'apprendre que je ne sursautais jamais quand on sonnait à ma porte. Ce ne pouvait être que Mme Martinez, la gardienne, qui montait le courrier. J'en recevais peu, seulement des factures. Elle n'y était pas obligée mais je crois que j'étais son locataire préféré car j'avais toujours été très poli avec elle et, contrairement à pas mal d'autres dans l'immeuble, je l'avais régulièrement gâtée pour les fêtes. Un billet de 20 euros et une boîte de chocolats Leonidas. Je la respectais, et ces gens-là, les humbles, n'en demandent pas plus. Suivez mon conseil : il faut toujours soigner sa gardienne, elle est la personne la plus importante de votre immeuble.

Pendant toutes ces années, elle fut la seule à pénétrer chez moi. Certes, pas plus loin que l'entrée, mais suffisamment pour constater, car elle avait l'œil, que mon intérieur était bien tenu. Et cette impression est très importante pour une gardienne. Il avait suffi que je lui explique que j'avais pris une année sabbatique pour écrire une thèse d'économie, ma spécialité, pour qu'elle me croie. Pourtant, alors que l'affaire de l'étrangleur la passionnait et que je lui glissais *Le Parisien* sous la porte de la loge, Mme Edmunda Martinez n'avait jamais eu le moindre soupçon, même le jour où mon portrait était en première page, « à la une » comme disent les professionnels. Elle n'était ni aveugle ni stupide, mais il y a des évidences qu'on ne veut pas voir, tout simplement.

J'éteignais à 11 h 30 tous les soirs, après m'être satisfait sur la photo de Cécile (de plus en plus rarement, car je commençais à m'en lasser) ou sur celle de ma petite Chinoise que j'avais prise à travers la vitrine en train d'attraper des nems. On devinait la naissance de ses seins, et, à en juger sur la photo, ils étaient de taille respectable contrairement à la plupart de ses congénères qui ont des poitrines menues. Puis je m'endormais rapidement sans être obligé de mettre le réveil.

24.
Sophie Pont et le piercing de Rachel

Comment cette fille pouvait-elle exhiber son nombril avec ce piercing ridicule et répugnant ? Une chaînette terminée par une minuscule croix dorée, qui n'était même pas en or véritable… Certes, ce début de mois d'avril était particulièrement chaud et, moi-même, je ne portais qu'un chemisier de soie brune sous mon tailleur de lin blanc. Mais de là à ne porter qu'un jean moulant et ce T-shirt trop court laissant apparaître ce vulgaire bijou au nombril… Je ne sais pas ce qui m'avait retenue de l'envoyer se rhabiller immédiatement. Mais cela aurait donné plus d'importance qu'elle n'en méritait à cette assistante à 1 523 euros nets par mois. J'allais cependant devoir supporter ce spectacle toute la journée.

On murmurait qu'elle couchait avec le capitaine Rabilloud, l'un de mes meilleurs éléments. Un beau garçon de trente-cinq ans, marié et père de quatre enfants. Tout finit par se savoir dans un endroit aussi clos que le quai des Orfèvres. Dès que j'avais eu vent de cette rumeur, je m'étais mise à observer leur petit manège. Je n'avais rien noté de flagrant mais il y avait des signes qui ne trompaient pas, des regards furtifs échangés en douce. Ce n'était pas parce qu'à l'époque je n'avais pas de compagnon que je ne savais pas renifler ces choses-là. Ça puait l'adultère à plein nez et ce pauvre type s'était laissé mettre le grappin dessus par cette petite salope et son nombril à l'air.

Elle était entrée sans prévenir, comme elle en prenait de plus en plus souvent l'habitude.

— Madame, nous venons de recevoir ça.

« Ça », c'était une nouvelle lettre de l'enfoiré que nous n'avions toujours pas serré.

— Il va passer à l'action, madame.

— Donnez !

— Elle a été postée du Louvre, comme les autres, madame. Il se moque vraiment de nous.

Quand elle disait « nous », je sentais bien qu'elle pensait « vous, il se moque de VOUS, madame le commissaire divisionnaire ». Cette fille était insupportable avec ses sous-entendus.

— Laissez-moi, maintenant. Et tirez la porte derrière vous.

Mais, avant de refermer la porte, elle n'avait pas pu s'empêcher d'ajouter :

— À mon sens, il y a urgence…

Je n'avais pas eu le temps de la remettre à sa place. Elle avait déjà quitté la pièce, ne laissant que la trace de son parfum entêtant. La lettre manuscrite était un nouvel avertissement plein d'ironie :

Madame le commissaire divisionnaire Pont,

Face à l'incompétence de vos services et dans le but d'aider la justice de mon pays, j'ai décidé de vous donner un coup de main. Comme vous ne l'ignorez pas, je dispose grâce à un livre de condo-

léances d'une liste de 197 noms. Afin d'éviter des recherches superflues et coûteuses, je vous livre cet indice : cherchez la femme. Surtout ne me remerciez pas, car cette fois encore je serai plus rapide que vous et vous ne pourrez que constater ma supériorité.

Je vous souhaite une très bonne et très longue journée de travail.

PS : Honneur aux dames, aussi je m'interroge : doit-on dire madame LE *commissaire divisionnaire ou madame* LA *commissaire divisionnaire ? J'avoue que j'ignore l'usage dans votre profession et je ne voudrais pas commettre d'impair à l'avenir. Car nous avons encore un avenir, n'est-ce pas, madame le (la) commissaire divisionnaire ?*

— Rachel ! avais-je hurlé dans l'Interphone. Convoquez immédiatement toute l'équipe.

— C'est déjà fait, madame, ils vous attendent.

— Alors, qu'attendez-vous pour les faire entrer !

Nous avions déjà réalisé un travail considérable. La lettre qu'il avait laissée sur le pupitre des condoléances, toute humiliante qu'elle soit, nous avait obligés à prendre ses menaces au sérieux.

« Le prochain était là », avait-il écrit. Après avoir procédé à divers recoupements (un travail de bénédictins !), nous avions réussi à identifier près de deux cents signataires et avions concentré nos recherches sur une centaine. Soixante-douze exactement. Nous avions éliminé les jeunes, les vieillards et les femmes. Nous avions mis en place une surveillance permanente de ces soixante-douze cibles privilégiées. Que des hommes, car nous avions pensé qu'il n'était pas dans ses habitudes de s'en prendre à d'autres personnes que des hommes. Les experts psychiatres nous avaient confortés dans notre décision. « Il a peur des femmes, il ne s'attaquera pas à elles », nous avait assuré l'éminent Dr Oudy avec l'approbation de tous ses confrères. Il fallait bien faire un tri, bordel. Et voilà que cet enfoiré nous avait envoyé ce message. Sa prochaine victime serait une femme. Il fallait tout reprendre, et vite !

En fin de matinée, sur le coup de midi, j'avais fini par craquer. Incapable de me retenir plus longtemps, j'avais appelé par l'Interphone :

— Rachel !

— Oui, madame.

— Venez me voir !

— Tout de suite ? avait-elle osé demander.

— Oui, et fissa, ma fille.

Elle avait le don de me mettre hors de moi. Dès qu'elle était entrée, je ne lui avais pas laissé le temps de parler :

— Rachel, ce n'est pas une tenue pour venir travailler. On n'est pas rue Saint-Denis ici. J'ai eu plusieurs remarques désobligeantes vous concernant dans la journée. Vous travaillez au 36 quai des Orfèvres, mademoiselle. Ici, vous ne semblez pas vous en être aperçue, c'est un repaire de mâles en rut et je ne veux pas d'allumeuses dans mon service. Allez vous changer et revenez cet après-midi avec une tenue décente.

— Bien, madame le commissaire divisionnaire, s'était-elle contentée de répondre, avec sa façon si agaçante d'insister sur « madame le commissaire divisionnaire », avant de tourner les talons.

J'oubliais de dire que, en plus, elle portait des talons d'au moins dix centimètres de haut, histoire de faire encore plus pute et de faire bander cet imbécile de Rabilloud. Je dois reconnaître qu'elle était bien foutue pour son âge, avec sa taille fine et ses longues jambes déjà bronzées. Je n'avais pas pu m'empêcher de la regarder quitter mon bureau sans se retourner.

Cette mise au point nécessaire avait eu du bon. Elle n'a plus jamais exhibé ce bijou ridicule planté dans son nombril.

25.

À la poste du Louvre

Soit les policiers sont complètement idiots, soit ils nous prennent (et moi en particulier) pour des imbéciles. Pour ma part, j'opterais pour la première solution, la seconde étant une insulte que je qualifierais de personnelle !

Franchement, vous pensez que j'aurais fait tout ce travail et préparé tout ce qu'il restait à faire pour me jeter naïvement dans leurs bras ? Qu'ils m'arrêtent, pourquoi pas puisque c'était le jeu, mais pas ici, comme un vulgaire délinquant. Pas à la poste centrale du Louvre d'où je voulais continuer à envoyer mes messages à mon divisionnaire.

La surveillance mise en place était, comme disait maman, « aussi visible que le nez sur la figure » (j'adore cette phrase…). Ils étaient tellement faciles à repérer, installés un peu à l'écart. On remarque toujours un policier à ses vêtements bon marché et pas de première fraîcheur, car ce n'est pas l'élégance qui le caractérise… Toute l'année, c'est jean et blouson de cuir ou de toile. Ensuite, on les repère à cet air impayable de regarder sans insister, cette façon de se tenir appuyés à une colonne en lisant le journal et de lever le nez chaque fois que quelqu'un s'approche des boîtes aux lettres. Bref, il ne fallait pas être grand clerc pour se douter que la poste serait placée sous surveillance, et encore moins pour repérer les deux policiers qui en étaient chargés. Ils me prenaient vraiment pour un débutant !

Passer devant la poste était devenu l'une de mes récréations favorites. Je me l'accordais tous les deux jours, jamais à la même heure, histoire de me distraire durant ces journées particulièrement chargées, question travail. Car, depuis une quinzaine de jours, j'apportais un soin particulier au choix de ma prochaine cible. C'était direct de Nation par la ligne 1, à sept stations de chez moi. Il faut descendre à Louvre-Rivoli par l'arrière du train, quand on vient de Nation.

Évidemment, ils ne devaient pas être la crème des enquêteurs, ces malheureux policiers affectés, vingt-quatre heures sur vingt-quatre, à la surveillance des deux boîtes aux lettres de la grande poste. J'imagine qu'il y a plus gratifiant dans le métier que de passer des heures à attendre quelqu'un qui ne vient pas, sans avoir le droit de baisser la garde un seul instant. Car, si ça arrive, on vous le reprochera pendant toute votre carrière. Catalogué pour toujours comme mauvais policier, et l'avancement bloqué.

Les planques sont réservées aux débutants ou aux policiers en fin de carrière, qui n'ont plus rien à attendre de leur métier, sauf la retraite qu'ils prennent, selon mes renseignements, à cinquante-huit ans, avec une exception à cinquante-cinq ans pour ceux qui ont des enfants scolarisés.

J'avançais sur le trottoir opposé à la poste, côté numéros pairs. Il y a exactement 553 pas jusqu'au passage piétonnier situé en face du bâtiment. Ensuite, je traversais la rue du Louvre en m'appliquant à poser le pied uniquement sur les douze bandes blanches, indifférent aux coups de klaxon. La priorité va aux piétons et les voitures doivent s'arrêter et les laisser traverser. Mais j'avais plus de chance de me faire renverser que de me faire arrêter !

Enfin, je passais à quelques mètres des policiers en faction, sans qu'ils fassent attention à moi. « Bêtes et disciplinés », comme disait maman en parlant des fonctionnaires. Ils ne s'occupaient que des gens qui déposaient du courrier dans l'une des deux boîtes aux lettres.

Avec l'habitude, je les repérais facilement dès que j'approchais. J'éprouvais alors la très délicieuse satisfaction de constater à quel point leur travail devait être long et fastidieux. Comme ils devaient maudire leurs chefs d'être coincés là pendant des heures et par tous les temps ! Tant d'énergie inutilement déployée pour moi, avouez que c'est excitant !

Ce matin-là, on était le 24 avril, et ma montre indiquait 10 heures 21 minutes et 34 secondes. J'avais fait 627 pas depuis la sortie du métro Louvre-Rivoli pour arriver à l'angle de la rue Étienne-Marcel. J'avais alors attendu quelques minutes, le temps de demander à un couple de jeunes Africains s'ils auraient la gentillesse d'aller déposer une lettre pour moi à la poste du Louvre « juste à côté, là, pas loin ». Je leur avais bien montré la poste du doigt, car avec ces bougres de gens de couleur il convient d'être très pédagogue. Maman le disait souvent à propos de ses élèves africains, « ces gens-là ne sont pas faits comme nous, leur cerveau fonctionne au ralenti ». Maman n'était pas raciste, je tiens à le dire, et elle ne s'est jamais plainte qu'ils soient de plus en plus nombreux dans sa classe.

La jeune fille était vilaine, avec de grosses fesses, des nattes et une peau parsemée de gros boutons. Pour les encourager, je leur avais donné 5 euros.

Bref, mes Noirs avaient posté ma lettre, bien comme il faut, dans la fente « Paris ».

Les policiers n'avaient pas bronché puisqu'ils pistaient un Blanc !

Dans cette quatrième missive, adressée au commissaire divisionnaire Pont, j'avais seulement indiqué, un brin énigmatique : *J'hésite encore entre deux femmes, mais je prendrai ma décision dans les vingt-quatre heures. Ma lame me démange*...

Ces derniers mots n'étaient pas seulement là pour amuser le commissaire. J'avais vraiment hâte d'épingler une nouvelle photo sur mon mur. Je n'étais plus qu'à deux assassinats de ma cible, puisque Frigyes Karinthy ne pouvait pas se tromper.

26.

Le choix du numéro 3

Elles étaient toutes les deux divorcées.

Sylvette, ancien expert-comptable du cabinet Bernard, venait de s'installer à Pornic, près de Nantes, avec Jean-François, chacun ayant deux enfants d'un premier mariage. La réputation du cabinet Bernard lui avait permis de trouver rapidement du travail à Nantes, où elle se rendait tous les matins après avoir déposé les quatre enfants à l'école. Le soir, Jean-François se chargeait de les reprendre. De ce que j'avais pu constater, ce petit monde vivait dans une « douce harmonie provinciale ». Tout ce que j'aime…

Sylvette, petite femme énergique, était gentille, douce et assez jolie, même si elle n'était pas mon style. Elle avait choisi le calme de cette petite ville balnéaire, après plusieurs années trépidantes à Paris qui avaient fini par avoir raison de son premier mariage. Pierre Marchand prenait les gosses tous les quinze jours et c'était à chaque fois toute une affaire de les conduire à la gare de Nantes le vendredi soir et de les récupérer le dimanche. Mais, au moins, le père maintenait le contact avec ses enfants, Lucie, neuf ans, et Antoine, sept ans.

J'estime que, en matière d'éducation et pour l'équilibre des enfants, il est important de conserver un lien fort avec le papa, même si celui-ci réside loin de ses enfants. Si je suis une exception à cette règle, n'ayant jamais souffert de l'absence de mon père, c'est parce que l'amour de ma maman la compensait largement.

Sylvie, en revanche, était plus à mon goût, avec ses formes, disons, généreuses. Mais son côté « femme qui s'assume toute seule » m'avait rapidement insupporté.

Pour résumer, Sylvette était de ces femmes qu'on épouse et Sylvie de celles qu'on met dans son lit. En toute confidence, sans vouloir me vanter, je n'aurais pas eu beaucoup d'efforts à faire pour y parvenir… Son mariage avec Christophe, gestionnaire de portefeuilles au Crédit Lyonnais, n'avait duré que deux ans. Elle était enceinte de Nicolas quand il l'avait épousée et emmenée en voyage de noces à l'île Maurice. Mais un mariage avec un homme qui roule en 4 × 4 Porsche ne peut pas durer très longtemps. Depuis, Sylvie était à la « recherche du *big love*, celui qui emporte tout comme un ouragan ». Je l'avais repérée sur Facebook, un site de rencontres très important en France, pour ceux qui l'ignorent encore, où je m'étais inscrit sous le pseudo amusant de « El Diablo ». Ce surnom l'avait intriguée et, depuis quinze jours environ, nous avions établi un contact régulier, quasi quotidien. Par prudence, je discutais avec elle depuis des cybercafés des Halles ou de Pigalle. Sylvie était la caricature de la femme seule, encombrée d'un gosse de huit ans, « l'amour de sa vie, son petit homme ». Je m'en doutais, mais j'avais pu constater en les suivant, un dimanche, au Jardin d'Acclimatation que le gamin était insupportable. C'est pas élevé, ces petits-là !

Bref, chacune à sa manière était une caricature. C'était d'abord ce qui m'excitait à l'idée d'en éliminer une, j'avais le choix entre une attachée de presse speedée et une femme à la vie désormais bien ordonnée. Physiquement, Sylvie était davantage à mon goût, car j'aime les femmes au physique « généreux ». Le choix n'était pas facile et pourtant je devais le faire aujourd'hui puisque je l'avais annoncé au commissaire. Il n'était pas question que je me dédise.

Chacune avait des arguments positifs et des points négatifs et je les inscrivis sur une grande feuille de papier blanc, épinglée au mur du salon :

À gauche, Sylvette :

— *Une vie médiocre :* soit lui rendre service en la sortant de cette banalité.

— *Deux enfants, un mari :* soit le plaisir de les plonger dans la détresse. Promesse de funérailles très émouvantes, donc très médiatiques. Un argument à ne pas négliger.

— *Facile à éliminer, car souvent seule à la maison.* Handicap du déplacement (Coût du train + voiture – et éloignement). Il aurait donc fallu que je parte dès ce soir pour Nantes puisque j'avais annoncé aux enquêteurs que j'allais passer à l'action dans les vingt-quatre heures. Je me répète encore, mais il n'était pas question que je ne respecte pas cet engagement. Sinon de quoi aurais-je eu l'air ?

— *Parisienne de naissance*, elle avait sa famille, son ex-mari et de nombreuses relations dans la capitale, et j'étais persuadé que la prochaine victime se trouvait à Paris.

— *Trente-trois ans*, soit l'âge idéal quand on est le numéro 3.

J'ajoutai en bas de page : *un prénom ridicule !*

À droite, Sylvie :

— *Une vie sans intérêt*, soit une inutile de moins sur terre.

— *Un gamin déjà perturbé et instable*. La disparition de sa mère le traumatiserait pour le restant de ses jours. En voilà un de plus qui ne m'oublierait jamais…

— *Facile à éliminer*. Grâce aux contacts établis sur le Net, elle accepterait de me rencontrer. Chez elle ?

— *Provinciale, d'origine marseillaise*, soit une énigme de plus pour mon amie Pont.

— *Un carnet d'adresses* probablement très bien fourni. Elle connaissait beaucoup de monde dans tous les milieux. Mon enquête sur l'avant-dernière victime n'en serait que plus passionnante et ouverte.

— *Elle avait signé le livre de condoléances* en 73e position.

— *Trente-cinq ans*. C'était moins bien que trente-trois mais il y avait quand même le chiffre 3 dans son âge.

— *Sexy*. Mais tellement agaçante que j'étais certain de prendre mon « petit » plaisir en la piquant.

L'avantage allait à ma Sylvie, cependant j'avais décidé de laisser une dernière chance à Sylvette d'entrer dans mon histoire.

Il était un peu plus de 16 heures et j'étais sorti en direction des Halles (à six stations seulement). Vous savez que j'ai le sens de la symbolique, aussi mon plan était simple : j'allais l'appeler et, si elle prononçait le chiffre 3 pendant notre conversation téléphonique, elle se désignait elle-même comme la prochaine victime.

Mais laissez-moi d'abord vous raconter comment j'en étais arrivé à choisir ces deux femmes de nature si opposée. Vous vous souvenez sans doute que, après plusieurs jours d'hésitation plaisante, j'avais pris la décision que la prochaine victime serait une femme, histoire de varier les plaisirs. Je ne voulais pas que les enquêteurs pensent que j'avais un problème avec les femmes alors que je n'en ai absolument aucun. Je suis tout à fait normal, sain de corps et d'esprit. Ma décision prise, j'en avais aussitôt informé mon commissaire divisionnaire.

J'avais donc à ma disposition une liste de cinquante et un noms. J'avais d'abord éliminé les dames âgées (plus de cinquante ans) et les plus jeunes (moins de trente ans). Restaient dix-huit femmes. Ensuite, j'avais barré celles qui avaient un lien familial, même lointain, avec le défunt Xavier, il restait alors une liste de onze noms qu'il fallait que je continue à élaguer comme de mauvaises branches.

Deux vivaient à l'étranger, effacées. Trois n'avaient pas daigné écrire de commentaires, éliminées. Il en restait six, dont je livre les identités afin qu'elles réalisent ce à quoi elles ont échappé : une à Biarritz, Noëlle Navarro ; une à Troyes, Valérie Margnoux ; une à Nantes, Sylvette Marchand ; deux à Paris, Clémence Fournier et Sylvie Burgaud, et une dernière à Bordeaux, Christelle Lannoy, que j'avais barrée, car je ne souhaitais pas revenir dans la région. Plus que cinq.

Avec mon goût prononcé pour la symbolique, ma préférence s'était immédiatement portée sur Valérie, qui résidait à Troyes. J'avais donc concentré toute mon énergie sur elle. C'était trop beau pour être vrai : la numéro 3 vivait à Troyes ! J'avais déjà imaginé la lettre que j'enverrais à mon commissaire.

Tout heureux de ma géniale trouvaille, je filai à Troyes par le train de 8 h 52 le jeudi 11 avril. Cruelle fut ma déception : la Valérie en question, dentiste de profession, était un homme… Valéry, comme le président Giscard d'Estaing… Je devais donc abandonner cette piste si réjouissante malgré d'ultimes hésitations. Ce type-là aurait fait un très beau numéro 3, mais je m'étais engagé à tuer une femme et je ne pouvais pas me dédire. J'aurais pu passer sous silence cet épisode peu glorieux, d'autant que j'avais dépensé 152 euros pour rien, en transport et frais d'hébergement. Mais j'ai choisi de vous faire partager mes succès comme mes échecs et celui-là fut, pour moi, particulièrement humiliant. J'avais honte de ma stupidité. Comment avais-je pu confondre Valérie et Valéry même si la signature sur le livre de condoléances n'était pas très claire ? Sachez que je m'étais puni en m'interdisant de *Sexodrome* pendant deux semaines, alors que j'y passais tous les vendredis après-midi.

Plus que quatre. J'avais suivi Clémence Fournier dans le métro à la sortie de son bureau à la Défense. C'était une femme, elle ! mais tellement laide que j'avais abandonné la filature à Champs-Élysées Clemenceau. Elle était vraiment trop moche avec son nævus tout poilu sur la joue droite. Quant à éliminer une femme, autant qu'elle soit attirante, et Clémence Fournier m'avait dégoûté. Au moins, elle sait maintenant que sa laideur repoussante l'a sauvée…

Trois. Je m'étais ensuite intéressé à la femme de

Biarritz, Noëlle Navarro. J'avais décidé de descendre dans le Sud même si les billets d'avion étaient hors de prix, 320 euros dépensés, sans compter les frais annexes. Au total, 524 euros et 50 cents. Si je parle autant de mes frais, c'est parce que je disposais d'un budget limité et je vous rappelle que j'étais sans ressources depuis le 1er janvier. Certes, j'avais encore de quoi voir venir, mais je devais être prudent et raisonnable. Cela m'obligeait à tenir une comptabilité très précise.

Noëlle avait tout pour me plaire : elle était jolie à regarder, quoique un peu trop charpentée pour moi, mariée, trois (!) enfants, elle tenait une brasserie dans le centre-ville avec son mari, une ancienne gloire du rugby local. *Le Café des Sports*, pour ceux qui connaissent. Elle fréquentait Xavier et toute sa famille, qui possédaient la villa voisine de la sienne à Bidart, une petite ville proche de Biarritz.

Croyez-moi sur parole, ce ne fut pas la carrure de son époux qui me fit renoncer ! Non, j'avais abandonné cette piste car elle n'avait pas, comment dire… « la surface », oui, c'est bien ça, la surface ou la taille pour être la prochaine victime. Avec elle, j'aurais eu trop de mal à passer à la cible suivante. Je devais être pragmatique dans la poursuite de ma mission. Noëlle ne présentait pas un CV suffisamment fourni : pas assez de relations, perdue en province, personnalité médiocre. En la choisissant, j'aurais eu plus de mal à démontrer la justesse de la théorie de Frigyes Karinthy, et je me serais compliqué la tâche.

De plus, je tiens à l'écrire car la vie se joue à des détails, j'avais immédiatement détesté le son de sa voix, rauque, chargé de nicotine, ses manières presque masculines, sa vulgarité si impropre aux femmes dignes de ce nom. Je ne voulais surtout pas d'elle.

Il en restait deux, Sylvette et Sylvie. Vous aurez noté, en passant, la similitude des prénoms.

J'avais dû attendre quelques minutes que la cabine de la place Beaubourg se libère. Un Maghrébin s'y était enfermé pour téléphoner avec son portable, allez comprendre pourquoi. Sans doute des histoires de trafic de drogue dont ces personnes-là vivent et prospèrent, au désespoir des honnêtes gens. Par miracle, la cabine fonctionnait et j'avais pu enfin composer le numéro du bureau de Sylvette.

— Madame Marchand, s'il vous plaît.

— De la part de qui ? avait répliqué une standardiste peu aimable, comme l'est souvent ce genre de fille.

— Monsieur Digard de la CAF, la caisse d'allocations familiales.

— Ne quittez pas.

J'avais entendu la fille dire : « Sylvette, c'est pour toi », puis la ligne avait basculé.

— Sylvette Marchand, j'écoute.

Sa voix était si douce, un régal.

— Monsieur Digard de la CAF. Bonjour, madame Marchand.

— Bonjour, monsieur. C'est à quel sujet ?

Au seul son de sa voix douce, j'avais eu une érection immédiate. Pourvu qu'elle prononce « trois ».

J'avais envie de tuer cette femme, cette voix.

— Je suis désormais chargé de votre dossier. Et nous avons besoin de quelques renseignements supplémentaires.

— Je vous écoute, mais je ne dispose pas de beaucoup de temps.

— La date de naissance de vos enfants.

— Lucie, le 7 septembre 1999 et Antoine, le 24 août 2001.

— Votre époux ?

— Le 17 juin 1970.

— Merci, la vôtre, maintenant.

— C'est indiscret, monsieur Digard ! avait-elle plaisanté.

C'est à ce moment-là que j'avais joui sur moi, tout heureux de ne pas me retenir plus longtemps.

— Vous savez, à la CAF, on sait être discret !

— 11 mai 1975.

— Ça vous fait donc ?

Allez, dis-le : « trente-trois ans » et j'aurai mon chiffre 3. Mais elle continuait à m'échapper.

— D'autres questions, monsieur Digard ?

J'avais insisté d'une voix le plus neutre possible.

— Votre âge ?

— Calculez vous-même !

— Trente-trois ans ! C'est bien ça ?

— Bien compté !

— Dites trente-trois, madame Marchand.

— C'est un jeu ou quoi ? Je ne comprends pas ce que vous voulez.

— Dites trente-trois, s'il vous plaît, avais-je presque supplié.

Ce fut mon erreur, mais j'avais trop envie de tuer cette femme à la voix si douce. Derrière elle, la voix de la standardiste avait retenti. Je me doutais qu'elle était intervenue à sa demande. « Sylvette, on te demande sur la deux. »

J'avais juste eu le temps de répéter :

— Dites trente-trois et vous ne le regretterez pas, madame Marchand. Sylvette !

— Excusez-moi, monsieur Digard, mais je dois prendre un appel. Restez en ligne, je reviens dans un instant.

Et la ligne avait à nouveau basculé, puis elle avait été coupée. J'avais aussitôt rappelé mais on m'avait dit : « Mme Marchand a dû monter chez le directeur. Elle m'a demandé de vous dire de rappeler demain, monsieur. »

J'avais raccroché.

Sylvette avait perdu et avait ainsi scellé le sort de Sylvie. Dommage, je me serais bien vu avec deux petits orphelins et un mari détruit.

Ma jambe me lançait et, pour la châtier, j'avais marché jusqu'à la poste du Louvre en poussant dessus de tout mon poids. Deux policiers étaient toujours en planque. La femme s'abritait de son mieux de la petite pluie qui s'était mise à tomber. Si elle restait là, elle allait attraper une mauvaise bronchite. La malheureuse allait se souvenir de ces journées inutiles à m'attendre en vain. Puis, comme tous les mardis soir, j'avais rejoint maman. J'avais faim.

27.

2-10, avenue Paul-Doumer

Elle n'avait pas encore voulu me rencontrer, comme je le lui avais demandé, et je n'avais surtout pas insisté. « C'est encore trop tôt. Je préfère que nous continuions à faire connaissance », m'avait-elle expliqué. Je pouvais comprendre sa prudence car il y a tellement de malades qui se promènent sur Internet…

Nous avions longuement discuté, ce mercredi soir, en amis. Car c'était ainsi qu'elle entendait poursuivre la relation que nous avions établie depuis plusieurs jours. Elle était surtout curieuse de la théorie des six dont nous avions parlé la semaine passée. C'est incroyable comme cette théorie intéresse les gens. Faites le test : parlez-en à un ami et vous constaterez aussitôt que vous vous amuserez à compter combien de poignées de main vous séparent de n'importe quel individu sur la planète. À chaque fois, cette théorie fait un tabac ! Nous nous étions bien divertis ce soir-là, avec Sylvie et deux copains à elle qui nous avaient rejoints pour « chatter sur la Toile », comme ils disent : Jérôme, un trader du Crédit Lyonnais, et sa meilleure amie, Eugénie. « Je partage tout avec elle, sauf mes hommes ! » m'avait-elle confié en plaisantant à peine. C'est dire, en tout cas, à quel point d'intimité nous étions parvenus en quelques jours seulement. C'est le miracle d'Internet, disent-ils aussi…

Moi, j'étais Philippe, directeur de production chez Freemantle, une société audiovisuelle apparemment très connue, même si je n'en avais jamais entendu parler auparavant. C'est incroyable de constater à quel point travailler à la télévision impressionne les imbéciles. Mais, pour nouer une relation amicale « et plus si affinités » avec une femme comme ma Sylvie, il valait mieux ne pas être caissier à Auchan… Les pages jaunes s'étaient révélées très utiles.

Nous lancions le nom d'une personnalité et chacun devait calculer le nombre de contacts avant de l'atteindre. Celui qui avait le moins de contacts avait gagné. Sylvie avait voulu y jouer ce soir-là, entre amis. Elle avait remporté plusieurs parties en faisant l'étalage de son carnet d'adresses, et j'avais ainsi réalisé qu'il représentait un immense vivier pour la suite de ma mission. Car le prochain devait absolument être connu de la cible. Finalement, cette femme était un bon choix, bien meilleur que cette petite provinciale de Sylvette. Comment avais-je pu hésiter entre elles ?

Pourtant, je me sentais un peu frustré. Plus je fréquentais cette femme, moins elle m'excitait. J'avais cessé de me caresser sur sa photo. Sylvie était si insupportable avec son argent, son boulot, ses relations, ses mecs et, pire, son fils, « l'amour de ma vie ». Cette maîtresse femme avait même fini par me débecter quand, au hasard du jeu, elle précisait qu'elle avait couché avec l'un ou l'autre. Chaque fois qu'elle citait le nom d'un de ses anciens amants, ce petit homosexuel de Jérôme exigeait tous les détails. Bref, ils s'amusaient comme des fous, les trois idiots. Je n'ai jamais aimé ce genre de femme. Je les préfère discrètes, douces et aimantes.

Quant à moi, vu ma situation professionnelle (!), j'avais gagné quelques parties.

— Tu connais Dechavanne ? s'était même enflammé Jérôme puisque je n'étais qu'à une poignée de main de cet animateur que ma mère a toujours beaucoup aimé.

— Il prend de la coke ? n'avait-il pu s'empêcher de demander naïvement.

J'avais répondu que ça ne le regardait pas et nous avions repris notre jeu jusqu'au moment où j'avais annoncé que j'allais me coucher.

— J'ai une journée chargée, demain. Il faut que je me lève tôt. J'ai un rendez-vous important.

— Mon pauvre chéri, s'était exclamé Jérôme, plus homo que jamais.

Eugénie en avait profité pour me donner son numéro de téléphone, le 06 93 18 13 28 pour les lecteurs que cette fille intéresserait.

— Eugénie ne perd jamais son temps, avait commenté ma Sylvie. Fais attention, mon chou, c'est une croqueuse d'hommes !

— Et de diamants, avait ajouté Jérôme, pensant, je suppose, faire le malin.

C'était bien une réflexion d'homosexuel, ça.

— Bonne nuit, mon chou ! À demain.

Elle ne pouvait pas mieux dire et j'avais répondu : « À demain, Sylvie. » L'autre était restée muette, elle devait être fâchée que je ne réponde pas à son invitation. Je n'aime pas les allumeuses. Et si donner son numéro de téléphone n'est pas une invitation à avoir une relation sexuelle, c'est que je ne comprends rien aux femmes…

J'avais refermé l'ordinateur et réglé 1,70 euro pour son utilisation à un jeune type qui, malgré mon insistance, n'avait pas prêté la moindre attention à moi. Pourtant, il était fort probable que, dans les jours à venir, les enquêteurs allaient remonter jusqu'à sa boutique et l'interroger sur son client de 23 h 18.

Je m'étais éloigné, réalisant que j'avais détesté ce qualificatif ridicule, « mon chou ».

Même ma maman ne s'y était jamais risquée. Puis, j'étais rentré en métro, pressé d'aiguiser ma lame. La boutique de mon traiteur était vide mais toujours ouverte. Je n'avais pas pu apercevoir ma petite perle, mais c'était en pensant à elle que je m'étais endormi, l'arme glissée sous l'oreiller.

J'avais calculé qu'il fallait que je me lève à 6 heures précises pour arriver une heure et demie plus tard devant le 2-10 avenue Paul-Doumer, au domicile de Sylvie Burgaud. J'avais compté large : vingt minutes pour me préparer (le temps de me raser, prendre une douche et m'habiller), dix-sept pour mon petit déjeuner et cinq minutes de marche jusqu'à Nation. Le RER était annoncé à 6 h 49. Changement à Étoile (comptez quatre minutes) puis direction Nation par Denfert (huit minutes et trente-deux secondes exactement – j'avais fait courir ma trotteuse) avec un arrêt agaçant à Kléber. J'étais sorti à Trocadéro, où les couloirs sont interminables jusqu'à la sortie « Cimetière de Passy » : 205 pas, puis 223 jusqu'à l'immeuble de Sylvie. J'avais marché sur un rythme de trois pas. Un, deux, trois. Un, deux, trois… Trois minutes, sans me presser, profitant du spectacle toujours réjouissant d'une ville, la capitale de la France, qui commence à s'animer.

J'étais arrivé avec quelques minutes d'avance sur l'horaire que je m'étais fixé. Sylvie habitait au quatrième étage, porte B, d'un immeuble cossu, construit après la guerre. Quelques heures de surveillance, les jours précédents, m'avaient suffi pour connaître le code d'entrée : 2587b*. Je vous le donne, même si je pense qu'ils l'ont changé depuis ce qu'il convient d'appeler le « drame ». J'étais monté par l'escalier. Un, deux, trois. Un, deux, trois, en parvenant pile sur trois au quatrième. J'avais sonné à la porte de face. Il était 7 h 26.

J'avais entendu « J'arrive », et elle avait ouvert la porte. Déjà prête, habillée d'un jean et d'un chemisier blanc, trop maquillée à mon humble goût. Elle s'était inondée d'un parfum entêtant que j'avais aussitôt détesté. Cette femme n'était pas craintive, à peine étonnée qu'un homme sonne si tôt à sa porte.

— Oui ? s'était-elle contentée de demander.

— Je suis Philippe, avais-je souri en parlant d'une voix douce et rassurante.

— Philippe… Ça alors… Je ne te voyais pas comme ça…

C'était tout ce qu'elle était parvenue à dire en me découvrant sur le pas de sa porte. Dès cet instant, j'avais compris qu'elle ne me considérait plus de son monde. J'avais lu dans sa façon de me dévisager : « Comment m'en débarrasser sans le vexer ? » D'entrée, elle m'avait méprisé et je l'avais détestée d'autant plus. « Fais l'arrogante, m'étais-je réjoui. Profites-en. Car c'est moi qui t'accorde chaque seconde de plus à vivre. »

— Je peux entrer ? J'ai quelque chose d'important à te dire.

— D'important ?

— De très important !

Elle était plus amusée qu'intriguée.

— Entre, si c'est si important que ça.

Elle avait refermé la porte derrière moi. N'importe qui aurait dit : « Ne fais pas attention au désordre », elle, non. Elle avait seulement repoussé une jupe noire et un bustier gris sur un fauteuil en velours rouge.

— Assieds-toi. Qu'est-ce qui se passe de si important pour que tu viennes le matin chez moi ? Mais au fait, comment tu as eu mon adresse ?

— C'est toi qui me l'as donnée.

— Ah bon ?

C'était en partie vrai puisqu'elle m'avait dit qu'elle habitait dans un 120 mètres carrés dans le 16e. Histoire de se faire mousser, d'exhiber sa réussite d'attachée de presse ayant une importante clientèle. Comme si ce genre de détail pouvait m'impressionner.

Elle n'avait pas cherché à en savoir plus sur ma visite matinale. Sa curiosité l'avait emporté.

— Raconte !

Elle avait ajouté avec un brin de perfidie :

— J'espère que ce n'est pas à cause d'Eugénie, parce que…

Je ne lui avais pas laissé le temps de finir sa phrase. Je n'avais pas envie de l'entendre dire : « Parce qu'une fille comme elle n'est pas pour un garçon comme toi. » Qu'est-ce qu'elle en savait, cette sale femelle ?

— Non, bien sûr. C'est autrement plus important.

— Accouche !

J'avais horreur qu'une femme parle comme ça. Ce

mélange de vulgarité et d'assurance sur sa beauté, son statut. Tout ce que j'exécrais chez une femme.

Je me sentais fort au contact de la lame glissée le long de ma cuisse, cette lame que j'allais bientôt lui planter dans le corps, l'abandonnant en train de se vider de son sang, tandis qu'elle réaliserait qu'elle allait crever. Quand je fais le bilan de ma mission, vous devez me croire si je vous dis que, de toutes mes victimes, elle a été la seule que j'ai vraiment haïe. Même ce porc de Bidermann n'avait pas eu droit à autant de haine.

— Je voulais absolument te parler de la théorie de Frigyes Karinthy.

— Tu veux un café ? Suis-moi à la cuisine. Après, il va falloir que j'y aille.

Elle faisait désormais à peine attention à moi. Elle avait juste envie que je dégage, et vite. Je voyais bien qu'elle me prenait pour un ringard. Il n'y a pas d'impression plus désagréable, surtout quand cela vient d'une personne qui vous connaît à peine. Pourtant elle ne se méfiait toujours pas de moi, ce garçon aussi insignifiant que gentil. Je devinais ce qu'elle pensait : « La prochaine fois, je ne me ferai pas avoir sur Internet. En attendant, il faut que je me coltine ce plouc. Un café et adieu Philippe ! Ça m'apprendra, la prochaine fois, à être moins conne. »

C'était très vexant, mais j'avais continué :

— Au début, à Marseille, il y a Vincent Dupuech, le numéro 6. Ensuite à Bordeaux, un nommé Sylvain Bidermann, le 5.

Mais elle ne m'écoutait plus.

— Tu boites ? s'était-elle étonnée, d'un air de dire « et en plus tu boites ! »

Ça, je ne l'avais pas supporté. J'aurais voulu attendre encore un peu, faire durer le plaisir, mais ce fut plus fort que moi. Envahi, submergé par la haine, je n'avais pas pu me contrôler plus longtemps… J'avais sorti mon poignard et je le lui avais planté dans le cœur en évitant sa grosse poitrine blanche. La lame s'était enfoncée si profondément qu'il avait fallu que j'attende qu'elle s'immobilise sur le parquet pour pouvoir la retirer. Elle avait poussé un râle de douleur mais elle était déjà trop faible pour appeler à l'aide. Elle se vidait, aussi je m'étais dépêché pour qu'elle puisse entendre la fin de l'histoire. Je m'étais penché sur elle :

— Ensuite, il y a son copain d'HEC, ton ami Xavier Bernard. Et toi, maintenant. Tu es le numéro 3. Tu en as de la chance, hein ?

J'étais resté penché sur elle le temps de la voir souffrir et crever, sans prononcer un seul mot.

Une fois morte, je l'avais encore piquée deux fois. Au-dessus du sein droit et dans le bas-ventre. J'avais écrit le chiffre 3 sur le parquet, à côté de son visage. Mais qu'elle était laide, avec le rimmel qui dégoulinait sur ses joues.

Avant de partir, j'avais fait le tour de l'appartement à la recherche de la chambre de son fils. J'avais tapoté sa joue pour le réveiller :

— Debout, mon garçon, ta maman t'attend.

Je m'étais éloigné avant qu'il réagisse sans prendre la peine de refermer la porte de sa chambre.

J'étais revenu à la maison par le RER de 8 h 47. J'avais acheté *L'Équipe* en sortant du métro. Malgré mon envie, je l'avais lu plus tard, en déjeunant, car, avant, j'avais du travail. Jeudi, c'était mon jour de repassage et j'en avais bien pour deux heures. Même si le tas de linge n'était pas très imposant (je ne salissais pas beaucoup), j'étais très méticuleux et je ne supportais que des chemises impeccables.

La photo de Sylvie Burgaud avait pris place dans son cadre. Il ne restait plus que deux rectangles à couvrir.

Une fois la vaisselle faite, j'avais attaqué la lecture de l'imposant carnet d'adresses de Sylvie. Il comportait plusieurs centaines de noms. Je devais absolument y trouver la prochaine victime, celle qui me séparait de ma cible. Je ne pouvais pas m'être trompé sur la théorie de Frigyes Karinthy.

28.
Sophie Pont : une sale journée

J'avais connu mieux comme journée.

D'abord, la lettre, arrivée par le courrier du jeudi matin et terminée par ces mots : « *Ma lame me démange.* » Cet enfoiré s'était encore foutu de moi. La lettre avait été postée mercredi dans l'après-midi et j'avais bien l'intention de me défouler sur le responsable de la surveillance de la poste du Louvre.

J'avais hurlé dans l'Interphone :

— Rachel, appelez-moi ce connard de Béringuier !

Pendant un bon quart d'heure, Béringuier en avait pris pour son grade. N'était-il pas en charge de la surveillance de la poste ? Il avait eu le tort de se défendre et de défendre ses équipes. Il n'y a rien qui m'agace autant. Aussi, je l'avais injurié et tellement humilié qu'il n'était pas près de m'oublier.

— Il va s'en souvenir, Béringuier, avait sobrement commenté Rachel. C'est rare que vous lui hurliez dessus !

Décidément, cette fille ne changerait jamais. Une nouvelle fois, elle s'était mêlée de ce qui ne la regardait pas. Elle avait le don de me mettre en rogne. Elle avait pourtant osé me dire :

— Il va encore être plus rapide que nous, ce fils de pute.

Je m'étais demandé combien de temps encore j'allais avoir la patience de supporter ses commentaires, cette façon de se mêler à tout-va de mon enquête. Et voilà que maintenant elle se mettait à parler comme les flics ! C'est sans doute ce qui arrive, à force de leur tailler des pipes dans les toilettes ! Elle n'était bonne qu'à ça, de toute façon… Je n'avais pas jugé bon de la remettre à sa place.

Ce matin, juchée sur de foutus talons aiguilles rouges, assortis à son débardeur, elle portait un jean beaucoup trop moulant. En la regardant s'éloigner, une question m'obsédait cependant : est-ce qu'elle portait là-dessous une culotte, un string ou rien du tout ? Je l'avais observée autant que j'avais pu mais je n'avais décelé aucune trace, tellement le pantalon collait à sa peau. Ce matin-là, cette pute à flics m'excitait autant qu'elle m'agaçait.

Puis, en fin de matinée, sur le coup de 10 heures, il y avait eu l'appel d'un officier de police du 16e arrondissement. Une femme du nom de Sylvie Burgaud avait été retrouvée tuée de trois coups de poignard, dans son appartement du 16e. Rachel avait insisté pour qu'on me passe l'officier, parce qu'elle avait vérifié que cette femme était présente aux obsèques de Xavier Bernard.

L'homme, au téléphone, était bouleversé :

— C'est le fils de huit ans qui a découvert le corps de sa mère. On l'a confié à des voisins le temps que son père arrive.

— Il a vu quelque chose ?

— Il est incapable de parler pour l'instant, madame.

— Interrogez-le quand même !

— Il dormait… À mon avis, il n'a rien vu.

— Qu'il ne parte pas. J'envoie une équipe, et surtout ne touchez à rien.

Il n'y avait pas eu effraction et une autopsie allait être pratiquée afin, notamment, de déterminer s'il y avait eu violence sexuelle. C'était l'usage, mais je savais que les résultats seraient négatifs. Le tueur n'était pas un violeur. Avant de raccrocher, je demandai :

— Une dernière chose, officier…

— Delpech, Renaud Delpech. J'ai oublié de me présenter, madame le divisionnaire. Veuillez m'excuser.

Qu'est-ce qu'ils peuvent être flagorneurs parfois dans la police…

— Est-ce qu'il est inscrit quelque part le chiffre 3 avec le sang de la victime ?

— Affirmatif ! avait-il répondu sans hésiter.

— Merci, Delpech. Et ne touchez à rien tant que mon équipe n'est pas sur place.

— Bien reçu !

« Quel connard ! » et j'avais raccroché.

Les principaux éléments sur la nouvelle victime du tueur avaient été rassemblés dans la journée. Sylvie Burgaud, divorcée, un enfant, trente-cinq ans, dirigeait un bureau de relations publiques. Elle devait disposer d'un beau carnet d'adresses, long comme le bras, avec des noms connus et importants. Et, justement, le carnet avait disparu. Impossible de le retrouver chez elle comme à son bureau. J'étais convaincue qu'il l'avait emporté.

Ces dernières semaines, plus de vingt enquêteurs avaient été entièrement mobilisés sur cette affaire. Ils étaient tous de bons policiers, ils avaient exploré des dizaines de pistes, n'avaient rien négligé, avaient vérifié toutes les dénonciations crédibles, le moindre témoignage. Nous avions identifié près d'une quarantaine de suspects. Certains avaient même été placés en garde à vue. En vain, ce fumier conservait sa longueur d'avance.

Et maintenant, il fallait que je leur annonce que nous devions tout reprendre à zéro et surmonter ce nouvel échec. Cela signifiait qu'un travail de titan nous attendait. Cette femme avait connu tant de monde. Son assassin n'avait eu que l'embarras du choix. Je leur avais ordonné de concentrer désormais tous leurs efforts sur Sylvie Burgaud, sa vie, ses amis, ses relations, avec la volonté d'éviter une cinquième victime.

— Le prochain est dans son carnet d'adresses. Vous pouvez en être certains. Et, aujourd'hui, c'est le tueur qui possède le carnet. Il conserve indéniablement une longueur d'avance sur nous, mais je pense que nous disposons encore de quelques jours devant nous. Il va d'abord nous narguer, jouer avec nous, il va faire le beau. Ensuite, il va prendre son temps avant de choisir sa cible. Je dirais que nous avons une quinzaine de jours pour l'arrêter. Pas plus, pas moins, messieurs ! Je veux la liste la plus complète possible de ses amis, de sa famille, de ses relations professionnelles, de ses contacts pour demain midi. Ratissez large, fouillez jusque dans sa culotte, mais je veux tout le monde.

Je savais que nous finirions par le coincer mais, au fond de moi, j'étais incapable de dire quand, ni si nous l'aurions avant qu'il aille au bout de sa théorie à la con. Je n'avais jamais senti mes flics autant mobilisés. Il y avait encore deux personnes à sauver.

— Rachel, annulez toutes les demandes de vacances, dans l'hypothèse où quelques inconscients auraient prévu d'en prendre dans les jours qui viennent.

Je savais parfaitement que cette fille avait posé sa demande pour la semaine prochaine. Elle attendait toujours dans un parapheur, sur mon bureau.

J'avais précisé d'un ton ferme :

— Pour résumer, nous avons deux personnes à sauver et un psychopathe en liberté. Je ne comprendrai pas la moindre défection.

La fille était restée impassible, sans manifester de déception, et avait regagné son bureau sur ses hauts talons rouges en se trémoussant du cul.

— Rachel, merci de fermer la porte derrière vous !

Je ne voulais pas qu'elle devine la satisfaction derrière mon apparente impassibilité, qu'elle écoute mes appels téléphoniques. Le tueur, c'était certain, se rapprochait de moi, mais elle était si maligne, cette pute à flics, que je devais me méfier d'elle.

29.

La petite Chinoise

Depuis plusieurs jours déjà, Luan l'avait parfaitement reconnu. C'était le monsieur du journal. Celui dont elle avait vu le portrait dessiné sur la première page du journal que son oncle mettait tous les matins à la disposition des clients qui préféraient manger sur les tables étroites plutôt que d'emporter les plats préparés. Un monsieur très gentil, qui lui souriait chaque fois qu'il passait devant la boutique et qui lui laissait toujours quelques pièces cuivrées de pourboire. Et elle répondait à son sourire par un autre sourire.

Ce samedi matin, le portrait assez ressemblant du monsieur était réapparu sur la première page et elle s'était aussitôt demandé s'il allait venir. Elle l'avait vu approcher de loin et avait commencé à préparer un menu identique aux autres jours. Le monsieur du journal commandait toujours la même chose : trois nems, une portion de bœuf aux oignons, un bol de riz blanc, un sachet de nougats mous et une Tsingtao. Il venait au minimum trois fois par semaine aux *Délices de Chine*. Elle avait remarqué qu'il ne la quittait pas des yeux quand elle se penchait pour attraper les nems dans la vitrine et, pour lui faire plaisir, elle défaisait discrètement un bouton de son chemisier de coton. Au moins, comme cela, le monsieur voyait bien qu'elle ne portait pas de soutien-gorge.

C'était un boiteux et la solitude de ce gentil monsieur qui n'avait pas de femme lui faisait un peu pitié.

Si tout le monde le voyait, la petite Luan, elle, le regardait. Pour les autres, il n'existait pas ou si peu et c'était sans doute pour cela qu'elle était la seule à l'avoir reconnu sur le journal. Mais elle ne parlait pas le français et elle le lisait encore moins. Elle n'avait pas voulu en parler à son oncle ni à personne d'autre.

Luan était arrivée en France deux ans plus tôt et il n'était pas question qu'elle se fasse remarquer si elle voulait pouvoir continuer à rembourser ceux qui l'avaient fait venir. Elle se disait simplement que ce monsieur avait dû faire quelque chose de mal pour avoir son portrait dessiné dans le journal. Mais elle s'était contentée d'encaisser les 9,50 euros de la commande et de répondre gentiment à son sourire quand il avait glissé une pièce dorée en effleurant sa main.

Une fois dehors, le monsieur s'était retourné et elle s'était appliquée à disposer les nems dans la vitrine, en offrant à son regard la généreuse poitrine d'une petite Chinoise de dix-neuf ans, qui travaillait en silence dix heures par jour, sans une seule journée de repos.

30.

Face à l'échec

J'aurais pu demander ma petite Chinoise en mariage. Pourquoi pas ! Ces filles-là n'attendent que ça : dégoter un Blanc assez sot pour se ranger, et sortir enfin de l'illégalité. Elle aurait été une épouse bien soumise, comme elles le sont toutes dans ces contrées. J'étais persuadé, à voir la façon dont elle s'offrait à mes regards, que ma jolie Chinoise n'attendait que le jour où je me manifesterais. Elle n'aurait pas hésité un instant à saisir cette chance inespérée d'échapper à sa vie médiocre. J'avais trente-cinq ans et, pour ces gens-là, j'étais une chance. Cependant, je n'étais pas « né de la dernière pluie », comme aurait dit maman… Vous pensez bien que j'avais repéré son petit manège quand elle dégrafait son chemisier et se penchait sur le plat de nems pour que j'admire sa poitrine généreuse – chose rare chez les Asiatiques. Peut-être même était-elle réellement amoureuse de moi ? Ce ne serait pas la première !

Malheureusement pour elle, j'avais d'autres priorités dans la vie. En rentrant, je m'étais contenté de me caresser sur ses photos, imaginant qu'elle emprisonnait mon sexe entre ses deux gros seins de petite

Chinoise bien docile. Comme le sont d'ordinaire toutes ces malheureuses.

À ce jour, je n'avais étudié le carnet de ma Sylvie que jusqu'à la lettre D, sans rien découvrir de déterminant. Personne n'avait de lien avec ma cible. Il y avait bien deux ou trois pistes que j'avais présélectionnées, mais je n'avais rien trouvé de convaincant. Il fallait que je poursuive ce travail, que je faisais avec plaisir. J'avançais nom après nom, sans me lasser. J'appréciais chaque seconde passée sur ces recherches successives, menées avec l'application de l'excellent fonctionnaire que j'avais été. Comme disait ma maman : on ne se refait pas.

Je m'étais inquiété à partir de la lettre L, et à P j'avais commencé à paniquer. Cela ne me ressemblait pas, moi qui suis d'un naturel habituellement si calme, comme vous avez pu vous en rendre compte tout au long de ces pages. Certes, j'avais encore dix lettres à dépouiller, mais petit à petit j'avais senti une mauvaise peur me gagner. La peur que ma théorie s'effondre, que j'échoue, qu'il n'y ait dans cette liste aucun nom en relation avec la cible. J'avais beau chercher, fouiller dans les moindres détails, je n'avais encore rien trouvé. C'était idiot, mais j'en faisais des cauchemars, je dormais mal, moi qui d'habitude avais un sommeil de bébé. Ces échecs m'obsédaient. D'un côté, la théorie de Frigyes Karinthy et les études statistiques de Stanley Milgram ne pouvaient pas être fausses, de l'autre, l'examen de ces centaines de noms n'avait encore rien donné. J'avais juste quelques pistes incertaines et moins d'une dizaine de personnes que j'avais mises de côté, surtout pour me rassurer, afin d'avoir le sentiment que mes recherches n'étaient pas tout à fait vaines.

J'avais fini par m'en vouloir. Je me reprochais d'avoir procédé avec trop de légèreté. Je m'étais laissé emporter, grisé par la facilité avec laquelle j'avais progressé de numéro en numéro. J'aurais dû réfléchir, mieux choisir mes victimes, planifier. J'avais manqué de vision, j'avais trop joué avec les enquêteurs au lieu de me concentrer sur ma mission. Je me punissais : interdiction d'aller voir ma Chinoise, interdiction de me rendre à Pigalle le vendredi en fin d'après-midi, interdiction de me faire jouir. Les jours les plus sombres, je m'obligeais à sortir et je marchais sans but pendant des heures, pour me châtier en poussant sur ma jambe douloureuse.

Q, R, S, toujours rien. À peine deux noms de plus. Un certain Romain Quittard et une fille, Sandrine Rey. Au moins, en lisant ces lignes, ces deux-là sauront qu'ils ont été étudiés de près, considérés et présélectionnés. Ils auront, je l'espère, la satisfaction de savoir qu'ils ont fait partie de cette histoire, même de façon totalement anecdotique. Ah ! ils n'ont pas fini de montrer ces lignes à leurs amis et de faire les beaux ! J'avais senti en achevant la lettre V que j'avais perdu. Il me restait les W, X, Y et Z mais, effectivement, les dernières lettres n'avaient rien donné. Sincèrement, je vous souhaite de ne jamais éprouver ce sentiment d'échec absolu, car j'étais plus que désespéré et je crois que ce furent les pires journées de ma vie.

J'avais eu beau continuer à me punir, j'avais travaillé trente-cinq jours en vain. Aussi incroyable que cela paraisse, aucun des 687 noms du carnet d'adresses de Sylvie Burgaud n'avait de lien direct avec ma cible. Je vivais chaque instant avec cette question désormais obsédante : faudrait-il que je l'épargne et que je continue à vivre avec le poids insupportable de l'échec ?

31.

Sophie Pont : il y a urgence

Plus les jours passaient, plus j'avais attendu avec impatience, sans le montrer (il ne le fallait surtout pas), l'annonce d'une nouvelle victime de mon psychopathe. La recherche du numéro 2, puisque c'était ainsi que nous appelions tous désormais celui qui était le lien suivant Sylvie Burgaud, avait mobilisé les meilleurs enquêteurs. Nous avions travaillé sur toutes les relations de cette fille et identifié plusieurs centaines de victimes potentielles. Nous avions même poussé nos recherches jusqu'en Martinique, où s'était établi l'un de ses anciens amants. Entre parenthèses, nous étions stupéfaits du nombre d'hommes que cette fille avait eus dans sa vie, et c'était devenu un jeu entre nous de savoir si les mecs que nous retrouvions avaient couché avec elle. Mes policiers pariaient même de petites sommes sur la question. J'avais appris que, à ce jeu, cette conne de Rachel était la plus performante.

— Cela ne m'étonne pas de vous, avais-je cruellement commenté le jour où elle s'en était bêtement vantée auprès de moi. Question adultère, j'ai cru comprendre que vous en connaissiez un rayon.

Comme à son habitude, cette allumeuse n'avait pas

relevé et s'était contentée de quitter mon bureau en se trémoussant du cul… Ce qui avait le don de m'énerver au plus haut point. Cette conne devait penser que cela m'excitait et de toute façon, j'étais habituée à ce qu'on me traite de gouinasse sous prétexte que je n'avais pas officiellement d'homme dans ma vie. Mais qu'est-ce qu'ils en savaient, ces flics, de ma vie privée ?

Quarante-cinq jours après l'assassinat de Sylvie Burgaud, nous n'étions pas parvenus à établir de relations entre les personnes contactées et l'homme du portrait-robot. Nous disposions de dizaines de témoignages, tous concordants. Nous avions procédé à plus d'une centaine d'auditions. Pour vous prouver que nous n'avions rien négligé, nous avions même entendu une femme qui avait voyagé avec ce fumier dans le TGV Paris-Bordeaux du 7 février. Elle avait reconnu, dans le portrait-robot diffusé dans la presse, l'homme charmant qui l'avait aidée à descendre ses bagages du train.

De Marseille, avec le gardien de nuit du *Sélect Hôtel*, de Bordeaux, avec la famille de Dupuech et les putes de Bidermann, et de Paris, avec le fils de Bernard et la standardiste, la même description revenait. Celle d'un homme d'une trentaine d'années, un mètre soixante-dix environ, brun, cheveux coupés court, yeux marron. Un homme poli et discret, qui touchait à peine aux femmes que Bidermann lui offrait. Pourtant, de tous ces témoignages précis ressortait la même impression : celle d'un homme qui avait traversé ces événements sans attirer l'attention, anonyme et presque transparent. « Cet homme, c'est un fantôme », avait commenté Rachel à l'issue d'une réunion. Le pire était que, depuis, mes policiers le surnommaient le fantôme.

Les auditions nous avaient permis de relever un

détail qui nous avait mobilisés pendant plusieurs jours et que nous avions fini par révéler à la presse : ce fumier souffrait d'une claudication de la jambe gauche, il boitait. Cette information fut considérée comme capitale pendant plusieurs jours : enfin notre homme, grâce à cet élément personnel, sortait de l'anonymat, il prenait un peu de consistance. J'avais fait travailler mes enquêteurs pendant des jours sur cette seule piste, celle d'un boiteux. Nous avions exploré toutes les hypothèses, de la maladie d'enfance jusqu'à la blessure à la jambe. Des dizaines d'hôpitaux, de médecins, de pharmaciens avaient déjà été approchés. À ce jour, sans résultats. Mais il n'était pas question d'abandonner cette piste.

Le 9 mai, j'avais une nouvelle fois été convoquée au ministère. Officiellement pour faire le point sur l'enquête, comprendre pourquoi, malgré l'ampleur des moyens déployés, nous n'avions toujours pas progressé dans l'identification de ce fou. Mais en réalité, je savais que j'allais jouer mon poste à la tête de l'enquête. Quand on est une femme et qu'on a aussi bien réussi que moi, vous vous doutez bien qu'on ne se fait pas que des amis dans la police. Mon parcours professionnel et ma remarquable ascension ne pouvaient susciter que de la jalousie, quand ce n'est pas, parfois, de la haine. J'y étais habituée. On ne progresse pas dans la hiérarchie sans laisser sur sa route quelques cadavres et de solides inimitiés. J'avais quarante-trois ans et j'étais commissaire divisionnaire à Paris, l'un des postes les plus difficiles de France, et, de surcroît, j'étais une femme dans ce monde de fonctionnaires machos. J'insiste sur ce point car il ne pouvait pas y avoir d'autre explication : si je suscitais autant de haine, c'était uniquement parce que j'étais une femme.

Je les connaissais si bien que je savais qu'ils avaient déjà évoqué mon remplacement, évalué le pour et le contre. Surtout le contre, car on ne se débarrasse pas sans risque d'un policier de ma dimension. Mais mon heure n'était pas encore venue et cette convocation avait surtout des allures d'avertissement. Cependant, je n'avais aucune intention de me laisser faire, de me laisser humilier. Il n'était pas question que je reçoive une leçon de ces ordures. Dans ces moments-là, je sais manœuvrer, reconnaître mes alliés, mais aussi ceux qui me lâcheront, ceux qui veulent ma peau. Les lâches et les opportunistes.

Dans un premier temps, j'avais admis que nous n'avions toujours pas réussi à l'arrêter. Il aurait été inutile (et contre-productif) de nier l'évidence, car ils n'attendaient que ça pour me tomber dessus. Bref, il fallait lâcher du lest pour, ensuite, mieux contre-attaquer. Il ne faut surtout jamais reconnaître une faute, car elle devient vite un échec, et vous leur donnez alors la possibilité de vous baiser. Pendant deux heures, en professionnelle, j'avais présenté un point précis de l'enquête, fait la démonstration que nous n'avions rien négligé, et, aussi, que nous avions bien bossé. Dans ces circonstances-là, je suis imbattable ! Je ne leur avais offert aucune faille, aucune occasion de me crucifier.

J'avais bien dû répondre à quelques questions de « mes ennemis », mais aucune n'avait pu me mettre dans l'embarras. Sophie Pont avait encore gagné contre tous ces connards. D'ailleurs, tous, sans exception, m'avaient félicitée pour la qualité de mon travail, et encouragée à poursuivre dans la même direction. J'avais alors vite compris que ma hiérarchie n'allait pas me lâcher, pas encore. Ce ne serait pas pour aujourd'hui.

Évidemment, ON s'impatientait... Mais ON n'avait jamais envisagé de me retirer l'affaire. Bien sûr, plus que jamais, ON comptait sur moi et mes équipes.

Ces crétins m'avaient accordé le délai dont j'avais besoin.

J'étais rentrée chez moi sans passer par le quai des Orfèvres, après un crochet dans un bar du 14ᵉ arrondissement où une fille d'une vingtaine d'années m'avait fait jouir en échange de deux billets de 50 euros.

Le lendemain, au debriefing fixé comme tous les jours à 7 h 30, aucun de mes hommes n'avait osé me demander le résultat de ma convocation au ministère. Ils en mouraient d'envie, mais j'étais la patronne et je n'avais aucun compte à leur rendre. Je m'étais contentée de leur indiquer qu'ils étaient satisfaits de la qualité de mon travail. J'avais insisté sur « mon travail », alors que j'aurais pu dire « notre travail », pour qu'ils comprennent bien qu'ils devaient cravacher et m'obéir sans discuter. Ceux qui avaient contesté en aparté certaines de mes décisions devaient savoir qu'ils avaient désormais intérêt à la fermer. En haut, ON continuait à me soutenir.

Rachel, plus femelle que jamais tellement elle s'était aspergée de parfum bon marché, était entrée en brandissant une lettre au moment où je concluais :

— Messieurs, le temps presse. Ce type joue avec nous, il fait durer son plaisir...

— Madame !

Agacée, j'avais poursuivi :

— Il fait durer son plaisir, disais-je. Il sait que, le jour où il passera à l'action, il n'existera plus.

— Madame ! On vient de recevoir ça !

— Donnez !

J'avais d'abord rapidement parcouru la lettre pour moi seule, sous les regards impatients de mes inspecteurs, avant de la lire à haute voix :

Madame le commissaire divisionnaire,

J'espère que vous ne m'avez pas oublié et que je ne vous ai pas manqué malgré ces longues semaines de silence. Je ne sais pas pour vous, mais, pour moi, elles ont été très profitables. J'ai donc le plaisir de vous annoncer que bientôt la théorie de Frigyes Karinthy n'en sera plus une.

Votre dévoué.

J'avais gardé pour moi le post-scriptum.

PS : J'ai appris qu'il fallait dire : madame LE commissaire divisionnaire.

— L'enculé ! s'était exclamé le lieutenant Favier, dans l'excitation et le brouhaha général.

Tous attendaient mes commentaires. J'étais leur chef.

— Il a fait durer… Il a fait durer son plaisir, croyez-moi. Maintenant, il y a urgence. Urgence absolue !

— Comment faire, madame ?

— En se mettant tout de suite au boulot, Favier ! On renforce la protection de toutes les personnes identifiées, on les avertit du danger potentiel. On met les bouchées doubles en direction des hôpitaux, des médecins et des pharmaciens.

— Mais ça représente plusieurs centaines de personnes, madame.

— C'est bien pour ça que je dis qu'il faut se mettre au travail, messieurs, au lieu de glander dans mon bureau. Si vous n'avez pas compris qu'il y a urgence, c'est que vous n'êtes pas faits pour être flics !

Ils étaient sortis sans faire d'autres commentaires. J'avais appelé :

— Béringuier !

— Oui, madame.

— Béringuier, choisissez cinq hommes et reprenez tout le dossier depuis le début. Je suis certaine qu'on a raté un détail essentiel. Il y a forcément quelque chose…

Il n'avait pas intérêt à me répondre qu'on avait déjà parcouru dans tous les sens ce foutu dossier. Mais, depuis l'engueulade de l'autre jour, il ne la ramenait jamais.

— Bien, madame.

— Je vous veux dans mon bureau à 15 heures.

— Oui, madame.

— Et avec des résultats, Béringuier.

J'avais bien remarqué dans son regard qu'il n'y croyait pas.

— Il n'est pas question, vous m'entendez Béringuier, qu'il y ait une cinquième victime, que nous soyons à nouveau battus par ce fumier.

J'espérais tout le contraire. Pourvu qu'il frappe vite !

Je m'étais replongée dans la lettre et ce n'était qu'à son parfum de garce que je m'étais aperçue que Rachel était toujours dans la pièce, elle empestait. J'avais relevé la tête, essayant toujours de deviner si elle ne portait rien sous son jean moulant.

— Vous n'avez pas de travail, Rachel ?

— Si, bien sûr, madame le commissaire divisionnaire.

— Alors, au boulot, ma fille.

Pourtant, contrairement à son habitude, elle n'était pas sortie en se trémoussant du cul.

— Madame, est-ce que je peux me permettre une réflexion ?

— Une réflexion… Ce serait bien la première fois ! Mais faites-moi part de votre… réflexion. Comme vous avez pu le voir, j'ai du temps à perdre, ce matin !

Elle ne s'était pas démontée sous le coup de l'ironie :

— Voilà, madame. Je pense que ce type est perdu.

— Perdu !

— Oui, madame, perdu, s'était-elle enhardie. Il n'a pas trouvé sa prochaine victime, il cherche toujours, sinon il aurait déjà frappé. Pour moi, il est dans une impasse. Sa lettre le démontre.

— Le démontre ? Je ne vois rien là-dedans qui le démontre, ma petite.

Elle avait de la chance qu'à son âge on l'appelle encore « ma petite » !

— D'habitude, il est plus précis. Là, il cherche seulement à maintenir la pression. Il fait son intéressant. Il y a urgence, bien sûr, mais pas autant que vous le pensez, il n'est pas prêt.

Elle avait dépassé les bornes. Qui était-elle pour me donner des leçons, cette petite pute à flics ? J'avais entendu assez de conneries comme ça. Il était plus que temps que je la remette à sa place. Mais je n'avais pas voulu lui faire l'honneur de me mettre en colère.

— Merci, Rachel, pour vos… réflexions. Et maintenant, retournez à votre travail. Il n'y a peut-être pas urgence, mais appelez-moi Bordeaux, plutôt. Là, il y a vraiment *urgence*.

— Bien, madame le divisionnaire.

— Urgence, Rachel. Urgence !

Elle avait tourné son petit cul et, cette fois, j'étais certaine qu'elle ne portait rien sous son jean.

32.
Découvertes

Il ne pouvait pas ne pas y avoir de solution.

Si ma prochaine cible ne figurait pas dans l'imposant carnet d'adresses de ma Sylvie, je devais donc chercher ailleurs. Dans son enfance, sa famille, ceux qu'elle avait effacés, ceux qui ne méritaient pas ou plus d'y être.

Dans la vie, nous passons tous par des périodes de hauts et de bas. Pendant quelques jours, je peux bien le reconnaître, je n'étais pas au mieux par manque de moral et de motivation. J'avais traversé de sales moments et j'étais allé jusqu'à me demander si je devais abandonner, abréger mon congé sabbatique et revenir à ma vie d'avant.

Il avait suffi que je me pose la question pour que je retrouve mon enthousiasme. Je m'étais donc remis au travail, animé d'une farouche volonté de réussir. Car il y avait forcément une solution quelque part. C'était impossible autrement et cette recherche m'excitait beaucoup, de nouveau. Comme disait maman, « j'étais remonté comme en 14 ! » et mon moral était au zénith. Enfin, j'étais rassuré. Je disposais de tout mon temps pour trouver puisque la théorie était juste. Si la solution ne figurait pas dans le carnet d'adresses, c'est qu'elle était forcément ailleurs.

J'avais donc envoyé aux flics un mot plein d'ironie et, ma foi, assez bien troussé, histoire de les maintenir sous pression. Je ne voulais pas qu'ils se figurent que je négligeais la partie. Je n'étais pas un rigolo et j'avais bien l'intention de continuer à mener ma mission selon mon bon plaisir, à mon rythme et selon ma propre volonté. Et surtout sans le moindre doute quant à ma réussite prochaine. En envoyant ce petit mot, j'avais repris la main, et vous ne pouvez pas imaginer à quel point j'étais heureux de les narguer une nouvelle fois. Je m'étais bien amusé en signant « votre dévoué », et surtout en ajoutant ce post-scriptum narquois.

J'avais imaginé l'agitation, pour ne pas dire l'affolement, que ce mot allait provoquer au quai des Orfèvres. Comme disait aussi maman : « J'aurais voulu être une mouche pour voir ça. »

Cette nécessaire piqûre de rappel avait eu des effets quasi immédiats. Deux jours plus tard, et à ma grande satisfaction, mon portrait-robot était revenu en page 5 du *Parisien*. L'image qui était censée me représenter n'avait pas changé, à la fois si ressemblante et si éloignée de moi. Je n'arrivais toujours pas à me reconnaître dans cette espèce de type sans personnalité, un peu falot, au regard noir et triste, aux joues tombantes, aux cheveux un peu clairsemés sur le devant et à la raie si bien tracée sur le côté gauche. Certes, comme beaucoup d'hommes de mon âge, je commençais à perdre des cheveux mais quand même pas à ce point. Je venais encore de le vérifier devant le miroir de la salle de bains. Je n'avais pas la prétention d'être beau, mais ce portrait ne donnait aucun éclairage sur ma personnalité, j'oserais même dire (et veuillez pardonner ce manque de modestie !) mon aura, mon charisme. Reconnaissez qu'on ne peut pas conduire une opération comme celle que je mène sans posséder une personnalité puissante. C'était précisément ce que je reprochais à ce portrait : l'absence de force dans le personnage. De plus, et cela, j'avais pu parfaitement le vérifier dans mon miroir, je n'avais pas les oreilles aussi décollées. Au contraire, elles sont bien dissimulées sous mes cheveux.

Évidemment, pour moi il n'y avait rien de vraiment nouveau, pas d'informations inédites. Mais, cette fois, le journal avait lâché une information qualifiée d'exclusive, sous le titre : « Affaires Bernard et Burgaud : un seul tueur pour les deux meurtres. Selon des sources proches des enquêteurs, la police aurait établi un lien direct entre l'assassinat de Xavier Bernard et celui de Sylvie Burgaud. Ce lien aurait permis de relancer les investigations sous un jour nouveau. Des indices et des empreintes recueillis sur les deux scènes de crime ont conduit les policiers à cette conclusion formelle : Xavier Bernard et Sylvie Burgaud ont été assassinés par le même homme. »

Le journaliste, un certain Antoine Janrot (une pointure de la profession !), ne livrait pas ses sources, mais, moi, je les connaissais. Les policiers lui avaient donné la becquée et s'étaient servis de lui pour relancer l'intérêt de la presse et du public sur mon affaire. Ils avaient besoin qu'on en reparle. Il fallait que mon portrait, tout raté qu'il soit, repasse dans les médias. La radio avait déjà relayé l'information. Ensuite ce seraient les journaux télévisés et, demain, toute la presse. Il n'était nulle part question de la théorie des six. Je ne comprenais pas pourquoi, mais la police ne voulait toujours pas livrer cette information à la presse. Quand cette dernière l'apprendrait, mon histoire n'en finirait pas de faire les gros titres. C'était encore trop tôt, mais je me réservais ce plaisir, bien décidé à le satisfaire, quand je le voudrais. Mon œuvre ne pouvait pas rester ignorée de tous. Cette relance de l'enquête par voie de presse ne prouvait qu'une chose : ces imbéciles de policiers étaient toujours dans le flou, perdus… J'avais de quoi m'en réjouir, car ils venaient de m'apporter la confirmation que je disposais du temps nécessaire pour trouver sereinement ma prochaine victime.

J'avais cependant un petit regret, que cette « révélation exclusive » n'occupe pas une meilleure place en première page du journal, au lieu d'un petit encadré minable, en bas à droite, annonçant des « révélations exclusives sur l'assassinat de Xavier Bernard. Voir en page 5. » Ces incapables avaient préféré faire leur gros titre avec la nouvelle carte des emplacements des radars. Franchement, pourquoi faire la une avec un tel sujet, sinon à encourager la délinquance routière ? On devrait au contraire se réjouir de l'efficacité de la lutte contre les chauffards et de la baisse significative du nombre de morts sur nos routes.

Je m'étais donc attaqué avec application (et enthousiasme) à l'étude de la vie de ma Sylvie hors de son carnet d'adresses. Il m'avait fallu moins d'une heure pour découvrir une information qui avait aussitôt retenu mon attention : elle était née et avait grandi dans le 15e arrondissement, au 45 du boulevard Victor, où habitaient encore ses parents.

Je ne crois pas au hasard et la théorie de Frigyes Karinthy s'en accommode encore moins. Je réalisais enfin que j'avais beaucoup trop focalisé mon travail sur le carnet de Sylvie au point d'en perdre le sommeil et l'appétit. Ce dernier mardi, j'avais dû me forcer en mangeant ma part de poulet et finir la tartelette au chocolat noir pour ne pas décevoir maman. Elle m'avait trouvé fatigué, elle avait craint pour moi des difficultés professionnelles.

— C'est vrai que j'ai du boulot par-dessus la tête. Mon ministre ne jure que par moi, avais-je répondu.

Elle n'avait pas insisté, sachant que je n'aimais pas trop parler de ma vie personnelle. Et, pour la première fois depuis que nous avions institué notre rituel du mardi soir, je m'étais débarrassé des restes du poulet dans une poubelle de Convention.

Cette découverte m'avait rendu euphorique. J'avais enfin trouvé avec certitude la suite de mon histoire.

Aussi, ce soir, cela valait bien une visite à ma petite Chinoise que j'avais négligée ces derniers jours. Ses sourires étaient toujours aussi enjôleurs et engageants, et ses seins offerts à mon regard, toujours aussi tentants. J'étais rentré sans ressentir la moindre douleur à la jambe.

À 20 h 50 précises, j'avais appelé maman comme tous les soirs. Je l'avais laissée raconter les dernières péripéties de son feuilleton dont elle sortait à peine. C'était notre petit jeu :

— Tu crois que le père de Maxime va aller en prison ?

— Sûrement.

— Ça m'a l'air d'être un sacré salopard, ce gars-là !

— On ne doit pas dire de gros mots, mon fils ! Comment ai-je pu t'éduquer aussi mal ? avait-elle plaisanté.

— Pardon, ma maman chérie. Je ne recommencerai plus !

Je l'avais entendue rire de bon cœur. Quel bonheur de rendre sa maman heureuse ! Ce qu'elle m'apprit ensuite aurait dû me laisser sans voix. Mais je savais qu'il n'y avait pas de hasard dans la vie et encore moins quand il s'agissait de la théorie mathématique de Frigyes Karinthy.

Ce soir-là, je m'étais endormi de bonne heure, l'esprit en paix. Sans s'en douter, maman venait de me prouver que la théorie était juste.

33.
Luan, la seule qui sait

Cela faisait au moins quinze jours que Luan ne l'avait pas aperçu. Elle n'avait pas pu s'empêcher de lui sourire quand il s'était approché de la boutique, et elle s'était penchée sur le plat de nems au moment précis où il était entré. Elle avait compris depuis longtemps qu'il aimait bien ça. C'était la raison pour laquelle elle défaisait les boutons du haut de son chemisier.

Ce matin, elle avait revu le visage du boiteux dans le journal français que son oncle laissait sur les tables à la disposition des clients. Elle, d'ordinaire si silencieuse, avait osé demander à son oncle ce que disait le journal. L'oncle avait marqué sa surprise de la voir sortir de sa réserve :

— Tu parles maintenant ? s'était-il exclamé, moqueur. Et curieuse avec ça !

L'autre fille de la boutique avait pouffé :

— Elle n'est pas muette, monsieur Fu Seng. Je vous l'avais bien dit !

Luan s'était demandé si elle le vouvoyait toujours quand elle se laissait entraîner dans l'arrière-boutique par l'oncle, au moins une fois par jour. Dès son arrivée, elle avait détesté cette fille qui se prenait pour la patronne sous prétexte qu'elle le faisait jouir avec sa bouche. Elle les entendait s'amuser derrière la porte et supportait mal de voir la fille, une Chinoise de Shanghai, revenir toute contente d'elle, en maîtresse des lieux. « Les hommes ne marchent qu'à ça », avait-elle commenté un jour, en mimant un geste obscène avec son majeur dans la bouche. Elle faisait moins la fière quand Mme Fu Seng passait à la boutique chaque soir pour relever la caisse, elle était alors toute polie et obséquieuse. Luan savait qu'elle avait intérêt à garder le silence sur ce qu'elle voyait. Sinon, toute nièce qu'elle soit, c'était la porte. Que serait-elle devenue alors, sans travail et sans parler la langue de ce pays ? Depuis son arrivée, un an plus tôt, elle ne faisait que travailler sept jours sur sept dans la boutique de son oncle. Tout l'argent qu'elle aurait pu économiser servait à rembourser le prix de son passage. Mme Fu Seng y veillait. Son seul mérite, finalement, avait été de repousser les avances de son oncle, le patron. Il n'avait pas insisté et l'autre fille la surveillait. Elle se contentait de travailler consciencieusement, sans prononcer un mot.

— Il est recherché par la police, avait lâché l'oncle, après avoir examiné le journal.

— Qu'est-ce qu'il a fait, mon oncle ?

— Elle est bien curieuse, était intervenue la fille.

L'oncle avait poursuivi :

— Il a tué deux personnes, un homme et une femme. Chez nous, il y a longtemps qu'il serait en prison. Crois-moi.

Une femme était entrée avec son fils, et Luan s'était

précipitée pour les servir. Personne ne s'était aperçu qu'elle tremblait.

Quand le boiteux, c'était ainsi qu'elle le surnommait, avait quitté la boutique, elle avait demandé :

— Je peux sortir un instant, mon oncle ?

— Sortir ?

— Je ne me sens pas bien. J'ai besoin d'air. Quelques minutes seulement, s'il vous plaît, mon oncle.

— Décidément, c'est son jour de parole, avait perfidement commenté la fille.

— Vas-y, mais pas longtemps. Tu es toute pâle.

Elle avait repéré le boiteux au coin de la place, et la petite foule du soir faisait écran. Elle avait pu le suivre sans mal, l'avait vu entrer dans un immeuble blanc et avait ainsi su où habitait l'homme du journal. Au numéro 40 de cette rue dont elle ne savait pas lire le nom.

Mais il fallait vite, maintenant, qu'elle regagne la boutique, avec son secret.

Épilogue

Vendredi, 10 h 32.

Comme dans beaucoup d'immeubles parisiens, le code d'entrée était retiré le matin. M. et Mme Burgaud habitaient au cinquième étage avec ascenseur, dans ce bel immeuble cossu du 45 boulevard Victor.

J'avais préféré monter les étages à pied. Cela faisait travailler ma jambe. Et puis, je jouais à mon jeu qui consiste à choisir un chiffre, à compter les pas en grimpant les marches et à essayer de tomber pile en arrivant sur le palier. Ce matin, j'avais pris le chiffre 7, 7 comme le nombre de lettres dans Burgaud. Mais 7 est un chiffre difficile et j'avais perdu à tous les étages. Mon meilleur score avait été 6, au troisième étage. Sinon je n'avais fait que des 2 et des 3…

Je ne les avais pas prévenus de ma visite, mais j'avais sonné avec l'assurance de celui auquel on ne refuse pas l'entrée. L'expérience me l'a prouvé à plusieurs reprises : quand on est sûr de soi, on réussit. La vie n'est pas plus compliquée que ça, et les hésitants sont des perdants.

Le bouquet d'iris blancs que je leur avais offert les avait émus, car c'était la fleur préférée de Sylvie.

Les conversations sur Internet servent aussi à cela, connaître les petits secrets, les goûts des autres.

J'étais donc venu leur présenter mes condoléances, moi, un vieil ami de Sylvie, installé à Boston depuis cinq ans, maintenant. Mais, « même si la vie aux États-Unis est très agréable, Paris me manque toujours beaucoup. Je reviens au moins trois fois par an ».

Sylvie était venue me rendre visite au printemps de l'année passée.

— Elle avait adoré son déplacement en Amérique, avait confirmé sa maman en servant un délicieux espresso. Elle aimait tellement voyager… Elle ne tenait pas en place.

— C'était une fille passionnée. Elle s'intéressait à tout.

Bref, nous avions eu le genre de conversation que l'on tient dans cette situation : des propos d'une banalité affligeante où l'on évoque avec émotion tous les souvenirs de la défunte qui nous reviennent en mémoire. Et Dieu sait si on en a, des beaux souvenirs. Des souvenirs drôles, d'autres émouvants. J'avais même prononcé ces paroles ridicules :

— Elle ne méritait vraiment pas de partir, je me sens perdu sans son rire magnifique.

Dans de pareilles circonstances, les gens sont prêts à chialer en entendant de telles bêtises. C'était le papa qui avait le plus de mal à supporter la mort de sa fille. Il m'avait fait cette confidence : « Ma femme arrive parfois à oublier, moi, jamais. » Je l'avais pris affectueusement dans mes bras quand il s'était effondré.

— Ma vie n'a plus guère de sens aujourd'hui.

J'avais essayé tant bien que mal de le réconforter :

— Il vous reste votre petit-fils.

— Nous le voyons si peu maintenant qu'il vit à Lyon avec son père.

Je m'étais inquiété pour le gamin :

— Comment va-t-il, le petit Nicolas ?

— Mal. Après ce qu'il a vu… Vous le connaissiez ?

— Pas vraiment, je ne l'ai rencontré qu'une seule fois.

— Le pauvre petit, avait surenchéri la mamie, nous nous demandons comment il va pouvoir s'en sortir. Il était déjà tellement instable.

— Avec le temps, et beaucoup d'amour, avais-je tenté de les rassurer.

En pure perte, car les deux parents de Sylvie étaient anéantis. J'avais ajouté, tout près de pleurer à mon tour :

— Le souvenir de sa maman baignant dans le sang hantera ce pauvre gamin toute sa vie.

Ces mots les avaient plongés dans une infinie tristesse. Le père s'était presque excusé :

— Parlons d'autre chose, s'il vous plaît.

— Sylvie l'aimait tant, son enfant… Vous pouvez me croire.

— Bien sûr, je vous crois, monsieur…

— Pont. Christophe Pont. Sylvie vous a sans doute parlé de moi.

Ils n'avaient pas relevé. Sylvie avait tant d'amis. J'avais choisi ce nom sur une inspiration subite, pour m'amuser, par défi envers les enquêteurs. Et surtout envers elle, mon commissaire.

Le même défi et la même envie de m'amuser m'avaient poussé à leur rendre visite, alors qu'ils avaient déjà dû être confrontés à mon portrait-robot. Mais je savais que mon assurance les empêcherait de faire le lien entre l'homme qui s'était présenté à eux si gentiment et l'assassin de leur enfant.

Je ne sais pas si vous vous êtes trouvés dans une situation semblable, mais il est difficile d'apporter des mots de réconfort dans ces moments-là. Ces deux malheureux allaient supporter leur douleur, le vide de leur existence, jusqu'à la fin de leurs jours. Combien d'années à tenir en vie quand, comme ces deux-là, on n'est pas encore tout à fait vieux ? M. Burgaud n'était à la retraite que depuis deux ans. La douleur de la perte de sa fille unique lui avait fait prendre dix ans en quelques jours seulement. Aussi, je ne m'étais pas demandé longtemps lequel partirait le premier. Sans doute lui.

M. Burgaud avait tenu à me garder pour le déjeuner. « Ce ne sera rien d'exceptionnel, avait-il précisé, mais cela nous ferait tellement plaisir. » J'avais accepté car il était déjà plus de midi et j'avais faim. De plus, notre conversation était très agréable. Comme beaucoup de parents qui ont perdu leur enfant unique, ils auraient voulu que des moments comme celui que nous étions en train de partager ne finissent jamais. J'avais encore beaucoup de choses à leur raconter sur l'affection profonde qui m'unissait à leur fille. Je leur avais même avoué que nous avions eu un bref béguin l'un pour l'autre mais que « l'amitié avait pris le dessus ».

— Nous restions très liés bien que nos vies aient pris des chemins différents.

— Parlez-nous de votre vie aux États-Unis. Ce doit être passionnant !

Forçant leur admiration, j'avais été intarissable sur ma vie aux « States ».

Le café était accompagné de délicieuses madeleines dont je fus le seul à me régaler. Mme Burgaud avait insisté pour que j'emporte le reste de la boîte, à peine entamée.

— Nous n'avons plus d'appétit pour grand-chose désormais.

Je les avais longuement serrés dans mes bras, attendant les larmes de la maman de Sylvie avant de la libérer. J'avais dû promettre de repasser les voir à l'occasion de mon prochain séjour à Paris.

Ils avaient tenu à ce que j'emporte une photo, tant elle m'avait ému et amusé.

J'avais pris l'ascenseur pour descendre, et j'avais sorti de l'enveloppe la photo.

C'était une photo de classe prise en 1986. Sylvie était debout au troisième rang, déjà grande et belle, si espiègle avec ses nattes blondes.

— Ça ne nous sert à rien de ressasser des souvenirs, m'avait rassuré Mme Burgaud. Prenez-la. Elle est si mignonne là-dessus.

Ils ne s'étaient pas souvenus du nom de la maîtresse, une femme d'une cinquantaine d'années qui paraissait à la fois sévère et bienveillante, et il avait fallu retourner la photo pour le trouver.

— Mme Dussart !

— Ah ! oui, Dussart. Je me souviens maintenant, avait surenchéri le papa de ma Sylvie. Une maîtresse à l'ancienne, cette femme. Elle était trop dure avec les enfants. Sylvie a passé une année épouvantable à Jules-Ferry. Cette peau de vache voulait la faire redoubler ! Après, nous avons préféré la remettre dans le privé. Quand on voit la scolarité qu'elle a faite ensuite…

— Elle n'a pas l'air bien méchante, pourtant, avais-je tenté de dire pour défendre maman.

Mais Mme Burgaud s'était déchaînée contre elle.

— Vous plaisantez ! Une vraie méchante, cette femme. Elle affichait ses certitudes envers notre fille avec une telle morgue ! Pour elle, Sylvie n'était qu'une bonne à rien et il fallait à tout prix qu'elle redouble. Elle l'avait prise en grippe. Combien de fois suis-je allée récupérer ma petite fille en larmes… à cause d'elle.

Arrivé au rez-de-chaussée, j'avais rangé la photo dans l'enveloppe après avoir déposé un léger baiser sur le visage de maman. Elle avait quarante-huit ans à cette époque-là, et moi, déjà treize ans. Un an plus tôt, j'avais été victime d'une attaque foudroyante de poliomyélite. J'avais passé plusieurs semaines à l'hôpital et pendant un an j'étais resté prisonnier de l'appartement. Maman m'a toujours affirmé que j'avais failli mourir et je ne lui serai jamais assez reconnaissant de m'avoir sauvé. Maman me faisait l'école chaque soir, jusqu'à 10 heures, le samedi et le dimanche, si bien que je n'avais pas redoublé ma quatrième. « Nous nous relèverons ensemble de ce malheur », avait-elle coutume de dire pour m'encourager, alors que je ne voulais que dormir. Reconnaissez-le, il n'y a pas beaucoup de mamans aussi admirables.

Ma jambe ne me faisait plus souffrir et j'avais marché jusqu'à Convention, en empruntant la rue Desnouettes au lieu de prendre le métro Porte de Versailles. 1 522 pas. Satisfait, j'étais reparti avec ce que j'étais venu chercher. Et quel bonheur de sentir la lame effilée le long de ma cuisse.

Vendredi, 14 h 17.

Sylvie ne leur avait jamais parlé de ce garçon et si peu de son voyage à Boston. Dans leur souvenir, c'était un déplacement professionnel. Il n'avait jamais été question de vacances. Pourtant ce garçon leur avait raconté qu'ils avaient passé la semaine à se promener dans le Maine et le New Hampshire, après une déception amoureuse « dont elle avait eu du mal à se remettre ». De cela non plus ils n'avaient pas entendu parler. Mais est-ce que cela avait la moindre importance aujourd'hui alors que leur fille unique n'était plus ? Certes, cette visite inattendue avait ranimé leur douleur, mais la sympathie et la gentillesse de l'homme qui venait de les laisser avaient conforté les parents de Sylvie dans l'idée qu'ils avaient perdu une fille bien. La visite de cet homme si bien élevé leur avait fait prendre conscience de la terrible injustice dont ils avaient été victimes.

Leur visiteur, qu'ils avaient trouvé tout à fait charmant, avait oublié son journal sur la table de verre du salon. Anne-Marie s'en était aperçue en rangeant les tasses. Elle s'était précipitée à la porte mais l'homme était déjà loin. Elle avait pris le journal pour le jeter à la poubelle. Depuis la mort de Sylvie, ils ne lisaient plus rien, ils avaient trop peur qu'on y parle de leur enfant. Car ce n'était pas leur fille qui était morte mais leur enfant. Ils ne la voyaient plus que petite et si jolie.

Le Figaro, auquel ils étaient abonnés, restait plié dans l'entrée. Ils évitaient les informations à la télévision, et, d'ailleurs, ils ne regardaient plus la télé. Pour cela il fallait avoir un moral qu'ils n'avaient plus. Ils cohabitaient dans leur malheur, sans oser évoquer leur souffrance avec l'autre.

Jean-Pierre Burgaud téléphonait tous les soirs à leur avocat, mais il n'y avait jamais du nouveau sur l'enquête. « Rassurez-vous, monsieur Burgaud, les policiers ne lâcheront pas tant qu'ils n'auront pas arrêté l'assassin de votre fille. » Il avait tant souffert en entendant ces mots : « l'assassin de votre fille ».

Tous deux avaient fini par s'habituer à ce que l'enquête ne progresse pas. Pourtant, tous les soirs, il continuait à appeler son avocat. Comme une habitude douloureuse mais nécessaire.

Après la visite du jeune homme, Jean-Pierre s'était réfugié dans son bureau quand soudain il avait entendu hurler sa femme. Le même cri que lorsqu'un policier était venu leur annoncer la mort de Sylvie, un cri qu'il n'avait jamais entendu avant, tant ils avaient été épargnés par le malheur, tant leur vie avait été tranquille et heureuse jusqu'à ce matin-là. Ils n'étaient pas préparés pour le malheur.

Anne-Marie, la tête penchée, en larmes, tenait le journal plus qu'elle ne le brandissait et Jean-Pierre Burgaud avait aussitôt compris. L'homme qui sortait de chez eux, celui qu'ils avaient reçu, était l'assassin de leur petite fille.

Vendredi, 18 h 37.

— Rachel !

Pour une fois, cette fille n'avait pas quitté le bureau à 18 heures comme tous les vendredis.

— Rachel, j'ai demandé qu'ils rappliquent. Qu'est-ce qu'ils foutent, nom de Dieu ! Ils sont déjà en week-end, eux aussi ?

— Ils sont là, madame, ils vous attendent en salle 3.

— C'était dans mon bureau que je voulais les voir. Bon, j'y vais.

— Ils étaient trop nombreux. C'est vous qui m'avez demandé de les réunir dans la salle 3.

Cette fille voulait toujours avoir raison. Je savais bien, moi, que je n'avais pas demandé la salle 3.

— Les réunions, vous devez bien le savoir depuis le temps, se font toujours dans mon bureau, Rachel.

Par chance pour elle, elle n'avait pas répliqué. Sinon je l'aurais épinglée au mur ! Non mais pour qui se prenait-elle, cette connasse !

— Vous avez distribué les photocopies, j'espère.

— C'est fait, madame le commissaire divisionnaire.

Une vingtaine d'enquêteurs m'attendaient en salle 3. D'entrée, j'avais lu dans le regard de certains – toujours les mêmes – qu'ils étaient en train de réaliser que non seulement leur soirée mais tout leur week-end étaient foutus. Ils allaient devoir les passer au travail. Ils savaient aussi qu'ils n'avaient pas intérêt à l'ouvrir avec moi.

— Messieurs, les prochaines heures vont être cruciales. Notre homme s'est manifesté de façon très claire aujourd'hui. Il nous nargue, c'est évident.

Allez savoir pourquoi je disais toujours « messieurs », même quand il y avait des femmes dans la salle…

Il faut reconnaître que plus j'avançais dans le récit des événements de la matinée, plus je constatais que mes policiers étaient bluffés par le comportement de ce taré insaisissable. « Il est gonflé, l'enfoiré » et « je suis sur le cul » revenaient le plus souvent, avec « il se fout de notre gueule, l'enculé ». C'est vous dire le niveau de la réflexion policière…

J'avais poursuivi après avoir réclamé le silence, mais, quand je leur demandais de se taire, je peux vous dire qu'ils la bouclaient. Pour moi, c'était à la fois incroyable et plutôt jouissif de voir à quel point ces gaillards, souvent des grandes gueules, me craignaient.

— Les parents de Sylvie Burgaud ont fourni à notre homme la photo de classe de l'année 1986 qu'elle a passée à Jules-Ferry dans le 15e arrondissement. Nos collègues du 15e ont déjà recueilli auprès de l'école les noms des élèves figurant sur la photo. C'est cette liste que vous avez en main et c'est sur elle que nous allons maintenant travailler en priorité. Écoutez-moi bien : la prochaine cible de notre homme, j'en suis convaincue, est l'un des vingt-six noms de la photo. Reste à les trouver tous et à les protéger. Cela fait à peine plus d'un nom pour chacun. Nous devrions progresser rapidement.

J'avais ajouté, sûre de moi :

— Cette fois, nous serons plus rapides que lui. On va le baiser, ce fumier !

J'avais bien vu de la surprise dans leur regard, car ils n'avaient pas l'habitude de m'entendre parler comme ça. Mais il fallait bien, de temps en temps, que je me mette à leur hauteur… Dans l'agitation qui avait suivi, j'avais parfaitement entendu Rachel dire à sa voisine :

— Tu vois, j'avais raison l'autre jour, le tueur était perdu. Pinpon s'est affolée pour rien. Mais elle ne veut jamais m'écouter.

J'étais certaine qu'elle avait parlé suffisamment fort pour que j'entende. Mais je n'avais pas réagi. Je ne voulais pas lui donner ce plaisir devant tout le monde.

La fille, une enquêtrice dont je serais bien incapable de dire le nom, et les flics autour d'elle avaient, eux aussi, choisi de ne pas broncher, ils n'avaient pas intérêt... Les flics sont souvent cons mais pas téméraires ! J'avais conclu le briefing d'un rapide « au travail, messieurs, il n'y a pas une seconde à perdre ». Tandis qu'ils se dispersaient, j'avais réalisé à quel point j'étais près du but.

À 20 heures, ce soir-là, quatre garçons et une fille avaient déjà été retrouvés.

J'avoue que je n'avais pas été mécontente d'entendre Rachel organiser à la hâte la garde de ses rejetons. Il n'était évidemment pas question qu'elle soit la seule à abandonner le quai des Orfèvres, même si son apport était insignifiant. Mais il fallait bien que quelqu'un réponde au téléphone.

Samedi, 7 h 30.

Vous le savez, je n'ai pas besoin de réveil. Comme d'habitude, je m'étais levé à 7 h 30. J'étais sorti acheter les journaux du jour, sans oublier *L'Équipe*. Ce soir le PSG recevait Lille pour un match qui s'annonçait capital, je n'avais pas besoin de lire le journal pour le savoir. Mon club était seizième au classement et une nouvelle défaite le mettrait en position de relégable, la honte. J'avais bien l'intention de me mêler aux ultras, ce soir, pour leur faire savoir ma façon de penser, à ces incapables. Ils sont payés comme des milords pour être aussi nuls, ils allaient m'entendre. Je voulais bien régler ma cotisation, mais pas pour des fainéants pareils.

J'avais feuilleté les journaux, mais ce matin, aucun ne parlait de mon affaire. Quelle déception ! Je ne pouvais pas imaginer que les journalistes étaient à ce point des fainéants, eux aussi. Mais, puisqu'il le fallait, j'irais en personne déposer un mot à l'adresse du journaliste du *Parisien*, cet après-midi. La théorie de Frigyes Karinthy ne pouvait pas rester ignorée plus longtemps.

Cependant, j'avais du travail dans l'appartement, j'avais négligé, cette semaine, de faire mon ménage et mon repassage. Je ne supportais pas cette poussière qui s'incrustait partout. Je crois que j'aimais par-dessus tout l'odeur mêlée de l'eau de Javel et de l'encaustique. C'était toute mon enfance quand, cloué sur mon lit, j'entendais maman nettoyer l'appartement avec ces odeurs rassurantes qui s'infiltraient jusque dans ma petite chambre. Pour elle c'était « une corvée », mais combien de fois m'avait-elle expliqué que nous ne pouvions pas nous payer une femme de ménage… pas plus que nous ne pouvions nous offrir des vacances. Elle m'avait si souvent répété qu'elle se sacrifiait pour le bonheur de son fils. « Avec ta maladie, me disait-elle, tout mon argent y passe. » Je l'avais adorée d'autant plus. Sur mes premiers salaires, j'avais économisé de quoi lui offrir une croisière d'une semaine en Égypte, elle en avait toujours rêvé, mais elle avait refusé sous prétexte qu'elle était « trop vieille maintenant ».

J'étais allé m'acheter un menu Big Mac en faisant le détour par la boutique de ma petite Chinoise. J'avais envie de la voir se pencher sur les nems en me souriant. J'avais une érection si puissante que, à peine revenu à l'appartement, je m'étais rapidement soulagé sur les photos posées sur mon lit. Je m'étais enfin autorisé à lire *L'Équipe* en sirotant un délicieux café.

Il m'avait fallu plus d'une heure de métro pour arriver au siège du journal. Le type à la réception était particulièrement désagréable, comme c'est souvent le cas. Le dénommé Antoine Janrot était absent.

— Nous sommes samedi, monsieur, avait-il essayé de m'expliquer.

Comme si je ne le savais pas !

— Vous avez intérêt à lui remettre ce pli rapidement, avais-je menacé d'une voix ferme, sans m'énerver, en posant le doigt sur l'enveloppe où j'avais écrit « À lire d'urgence : SCOOP ».

— Pas avant demain ou lundi, m'avait-il répondu sans lever les yeux.

— Ce serait une lourde faute professionnelle, avais-je répliqué. Si vous tenez à votre travail, je vous conseille de le prévenir rapidement. Il serait dommage que votre journal passe à côté d'une information capitale à cause de votre incompétence.

Je ne sais pas ce qui m'avait retenu de dire à ce fainéant « votre boulot de merde », sans doute la bonne éducation que m'avait inculquée ma maman.

Il avait encore répété qu'on ne dérangeait pas les journalistes un jour de congé, mais il avait fini par céder. Les faibles ne résistent jamais longtemps aux forts.

À l'intérieur de l'enveloppe, j'avais simplement résumé la théorie de Frigyes Karinthy, donné les noms de mes quatre premières victimes reliés par des flèches rouges, suivis de deux points d'interrogation. J'avais ajouté mon portrait-robot. Je ne pouvais quand même pas lui mâcher davantage le travail à ce journaliste. J'étais sorti sans rien ajouter, ignorant le regard de ce pauvre minable posé sur moi, et j'avais marché d'un pas ferme jusqu'à la station, avec la certitude si jouissive que demain serait le jour de mon avènement. Cela méritait bien, enfin, la une des journaux !

Maintenant, je n'avais qu'une hâte : arriver le plus tôt possible au stade pour sentir monter la haine de mes camarades supporters. Le Paris-Saint-Germain avait intérêt à gagner, sinon la soirée allait être chaude. C'étaient vraiment des mauvais, ces gars-là, et ce n'était pas le déploiement des CRS qui leur faisait peur...

Les soirs de défaite, j'avais toujours bien aimé les observer de loin quand ils cognaient un Maghrébin ou un Africain à coups de rangers et de poings américains, et les voir uriner sur un homme à terre. Mais était-ce encore un homme, ce déchet qui appelait « au secours » en pleurant. C'était très intéressant d'étudier *de visu* l'instinct de conservation de l'homme. Tabassés, humiliés, ils trouvaient toujours la force de se relever et de détaler sous les insultes.

Samedi, 17 h 32.

La nuit dernière, Pinpon, comme ils l'appelaient tous au « 36 », tant ils redoutaient de la voir débouler en furie, n'avait autorisé Rachel à partir qu'à 3 heures du matin. Ils l'avaient tous vue quitter les bureaux avec Rabilloud et elle savait que cela n'allait pas arranger sa réputation. Mais franchement, sans voiture, comment serait-elle rentrée chez elle aussi tard dans la nuit ? Elle savait parfaitement ce qu'on disait d'elle. Pourtant, elle aurait pu le jurer, elle n'avait jamais couché avec un policier même si beaucoup s'étaient vantés de l'avoir sautée. Les hommes ne sont jamais avares de confidences concernant ces choses-là, et il lui était revenu qu'elle n'était pas une aussi bonne affaire que cela au lit…

Au moment de sortir de la voiture, tandis qu'elle déposait un rapide baiser d'adieu sur sa joue, Rabilloud avait essayé de la prendre dans ses bras, de l'attirer vers sa bouche, mais elle l'avait gentiment rappelé à l'ordre :

— Ta femme, François. Ta femme !

— Ah ! oui, ma femme, avait-il répondu en plaisantant.

Rabilloud n'avait pas insisté, c'était un type sympa et elle n'avait rien à craindre de lui.

Elle n'avait dormi que quelques heures et, malgré le maquillage, elle ne pouvait pas cacher sa fatigue et ses yeux rougis. Pinpon, en revanche, « ne marquait pas », la force de caractère de cette femme l'étonnait en permanence. Rachel avait à peine eu le temps de s'asseoir que Pinpon avait réclamé un espresso par l'Interphone qui reliait les deux bureaux. La porte était fermée et pourtant cette femme l'avait entendue, sentie arriver. Comment faisait-elle ? C'était un mystère auquel Rachel n'avait toujours pas trouvé de réponse. « Elle voit à travers les murs, c'est pas possible autrement », avait-elle supposé en plaisantant, un jour où elle avait raconté à la grosse Bernadette que sa chef demandait un café à l'instant précis où elle s'installait sans bruit à son bureau.

En déposant le gobelet de plastique blanc, elle avait constaté que Sophie Pont n'était pas rentrée chez elle. Elle s'était probablement allongée quelques heures sur le canapé de son bureau, puis elle avait pris une douche, car ses cheveux étaient encore humides dans son cou. Elle ne s'était pas changée.

Aujourd'hui, Rachel avait fait bien attention à convoquer les enquêteurs dans le bureau de sa patronne pour le debriefing de 17 heures. Tant pis, s'ils n'avaient pas pu tous entrer et s'il avait fallu se rabattre sur la salle 3.

— Vous ne pouviez pas vous rendre compte, hier, que nous sommes trop nombreux pour tenir dans mon bureau ! lui avait reproché le commissaire tandis que tout le monde se dirigeait vers la salle 3. Vous allez nous faire perdre dix minutes, et, dans cette affaire, les minutes sont précieuses, ma pauvre petite.

Elle avait marqué son agacement d'un mouvement de tête. Cette fois, Rachel, habituellement imperméable aux réflexions de sa chef, avait accusé le coup devant autant de mauvaise foi. Elle avait senti dans les mots de Sophie Pont de la méchanceté gratuite, une simple envie de blesser. Rachel avait toujours souffert de ne pas comprendre pourquoi le divisionnaire était si dur avec elle. Mais, ce matin, en suivant les inspecteurs vers la salle 3, elle avait eu envie de se rebeller, de dire ses quatre vérités à cette femme méchante. Elle l'avait une nouvelle fois humiliée devant tout le monde, et personne n'avait osé contredire le divisionnaire, et prendre sa défense, à elle.

Les vingt-six élèves de la classe de CM2 de 1986

avaient été identifiés et retrouvés. Rachel devinait la satisfaction intérieure du commissaire derrière son masque impassible. Jamais l'enquête n'avait progressé aussi vite et efficacement.

— Cette fois, messieurs, nous avons plus qu'une longueur d'avance sur lui. À nous d'en tirer profit.

Elle avait ajouté sur un ton si dur qu'il en était presque menaçant :

— Pas question, cette fois, que vous vous laissiez passer devant. Je vous préviens tous : je ne supporterai pas la moindre défaillance. Pas plus que je ne tolérerai une cinquième victime.

Dix-neuf noms restaient encore sur les vingt-six élèves de la classe. Trois personnes avaient été écartées parce qu'elles vivaient loin, à l'étranger, plus un militaire dans un sous-marin en patrouille dans le Pacifique. Enfin, trois autres étaient décédés, dont « la malheureuse Sylvie Burgaud », avait confirmé l'inspecteur Bérard.

Ces onze hommes et huit femmes faisaient désormais l'objet de tous les soins de la police. Dès que l'un d'entre eux avait été localisé, une surveillance permanente et discrète était aussitôt misc en place.

— Elle durera tant que nous n'aurons pas chopé cet enculé, avait assuré le commissaire divisionnaire.

Son langage continuait à les surprendre, une patronne ne parlait pas comme ça. Et, tandis qu'elle écrivait un à un les noms des élèves sur le tableau, les lieutenants et les capitaines de police livraient à tour de rôle les informations recueillies sur les cibles potentielles. Chacune avait réagi à sa façon en apprenant la menace dont elle était peut-être l'objet, mais, avait dit Béringuier, « elles pétaient toutes de trouille ». Car le commissaire divisionnaire avait donné pour consigne de ne rien leur cacher. Elle était convaincue que la peur les rendrait encore plus vigilants.

Le briefing avait duré plus d'une heure et demie, et le divisionnaire avait été catégorique :

— Il ne reste plus qu'à le cueillir. Messieurs, on va l'avoir, ce fumier, croyez-moi ! C'est juste une question d'heures, maintenant.

Tous ne partageaient pas son point de vue, même en haut lieu, mais personne n'avait osé la contredire. Après tout, si cela foirait, ce serait elle qui en supporterait les conséquences. Dans l'immédiat, on la suivait sans discuter.

— Il a un ego surdimensionné, ne l'oubliez pas. Il veut nous impressionner, c'est ce qui le perdra.

C'était tout juste, avait pensé Rachel à cet instant précis, si elle n'avait pas dit : « M'impressionner, moi, Sophie Pont. »

Rachel avait deviné que sa chef s'était imaginée en victime finale du tueur. Sinon, pourquoi l'homme s'était-il adressé à elle, en personne ? Mais elle n'avait parlé à personne de cette certitude. Silencieuse et discrète dans le bureau voisin, elle était la seule à s'en être doutée. Elle avait entendu des conversations, intercepté des appels. Combien de fois l'avait-elle surprise en train d'étudier la liste de Burgaud… De son idéal poste d'observation, rien ne pouvait échapper à la secrétaire administrative de « madame le commissaire divisionnaire ». Mais une question insidieuse la taraudait plus que jamais : et si sa patronne avait laissé faire, laissé les enquêteurs s'embourber, dans l'attente d'une confrontation finale avec ce taré ? Tandis que les policiers se dispersaient, Rachel avait préféré repousser cette hypothèse inacceptable.

Dimanche, 7 h 30.

Seul l'Arabe de la rue Daumesnil était ouvert d'aussi bonne heure et vendait les journaux dans le quartier, le dimanche matin. J'avais toujours évité d'acheter chez lui des denrées alimentaires, leur fraîcheur laissait à désirer et je ne vous parle pas des prix. Sous prétexte qu'elles sont ouvertes jusqu'à pas d'heure, ces petites épiceries matraquent le consommateur.

Avec mon portrait-robot en illustration, mon histoire occupait la première page et les gros titres : « Affaires Bernard et Burgaud, l'ombre du tueur en série ? » Enfin… seul le point d'interrogation me déplaisait, sinon le reste était parfait. La journée ne faisait que commencer mais elle serait grandiose.

Vous connaissez mon caractère méticuleux et ordonné, j'avais donc d'abord préparé mon petit déjeuner avant de lire le journal. Mon café était si délicieux ce matin que je m'étais offert une seconde tasse, ce que, habituellement, je ne me permettais jamais, suivant en cela la recommandation de maman : « Il ne faut pas abuser des bonnes choses. »

Mais, ce matin, j'étais trop euphorique. Il me restait encore deux personnes à tuer, et j'étais certain de mon triomphe.

En page 2, *Le Parisien* avait reproduit le mot que j'avais adressé à Antoine Janrot, le journaliste. Ce type-là pouvait me remercier, je lui avais servi le scoop de l'année ! Mais le fera-t-il un jour, j'en doute…

L'article finissait par ces mots : « Interrogés, les enquêteurs se sont refusés à tout commentaire. » Il y avait même un petit article sur la théorie de Frigyes Karinthy, entièrement recopié sur Internet.

France Info avait repris l'information. La théorie du savant hongrois était enfin sortie de l'anonymat où l'avaient tenu les policiers et « mon amie » Sophie Pont. Tout à l'heure, j'irai poster un mot de félicitations à mon journaliste en lui précisant, tout de même, que le point d'interrogation était de trop.

Exceptionnellement, je m'étais plongé dans la lecture de *L'Équipe* que je gardais d'ordinaire pour le déjeuner. Mon journal préféré analysait les chances du PSG de se maintenir en ligue 1, après le « pitoyable match nul » d'hier soir, face à une « bonne et combative équipe de Lille ». « Les joueurs parisiens sont sortis sous la bronca de leurs supporters. » J'avais, moi aussi, crié comme un damné contre ces incapables, je m'étais défoulé, me surprenant à hurler des injures qui auraient tant choqué maman.

Mon rapide passage au *Sexodrome* de Pigalle n'était pas parvenu à me faire oublier tout à fait cette soirée gâchée.

Dimanche, 8 h 58.

Combien d'heures avais-je dormi, pour la deuxième nuit consécutive passée sur le canapé du bureau ? Deux, trois heures ? C'était bien suffisant. Je pouvais tenir des jours à ce rythme.

Dès l'aube, j'avais eu un exemplaire du *Parisien*. Nous avions appris la veille au soir qu'un journaliste avait été mis au courant de ce que nous étions parvenus à tenir secret : nous avions affaire à un tueur en série qui obéissait à une théorie à la con. En début de soirée, trop tard pour que nous puissions intervenir, il avait informé le ministère de l'Intérieur de ce que son journal allait publier le lendemain. Puis, en milieu de soirée, nous avions eu la certitude que c'était bien notre homme qui avait déposé le pli au siège du journal. Le gardien l'avait parfaitement identifié et, comme pour nous narguer, il avait laissé ses empreintes digitales sur le papier. Le journal n'accordait pas d'importance à ce qu'il avait écrit au dos du portrait-robot : « Mes respects au commissaire divisionnaire Pont. »

La phrase était citée au cœur de l'article, comme un simple détail. Pour moi, c'était bien plus qu'un simple détail. Son ultime défi.

On imagine mal l'impact d'une telle information. Ça part dans tous les sens. ON s'inquiétait. ON voyait, dans cette nouvelle sortie du tueur, le signe qu'il allait passer à l'acte. ON ne voulait pas d'une nouvelle victime. On réclamait des résultats. Bref, ON s'affolait.

J'étais parvenue à les rassurer en leur détaillant le dispositif mis en place.

— En livrant ces informations à la presse, notre homme est sorti du bois. Il veut terminer aujourd'hui, mais nous l'aurons avant. Vous pouvez me faire confiance, monsieur le préfet. Il est cuit !

— Souhaitons-le, ma chère Sophie.

L'information était relayée par les radios, et plusieurs équipes de télévision stationnaient déjà devant le « 36 ».

— Il y a une bonne vingtaine de journalistes dehors, madame, m'avait sottement informée Rachel.

Comme si je ne les avais pas aperçus de la fenêtre…

— Et alors ? Nous avons d'autres priorités ce matin, ma fille.

Elle avait pourtant ajouté :

— Vous ne faites pas de déclaration ? Ça les calmerait.

— Je vous remercie pour vos conseils, Rachel… Ils me sont toujours très précieux.

Elle n'avait pas bronché sous l'ironie. J'avais ajouté sur un ton qui ne supportait pas la réplique :

— Pour l'instant, pas de commentaires. Tenez-vous-en là.

Je crois que vous avez compris que je ne suis pas du genre à me laisser impressionner par un troupeau de journaleux. Ces gens-là, il faut se servir d'eux, et non l'inverse. Ça ne leur faisait pas de mal de mijoter en échafaudant les hypothèses les plus stupides. Car, sans vous ennuyer avec leurs élucubrations, j'en avais entendu des bêtises depuis ce matin.

J'avais demandé à Rachel d'être présente le plus tôt possible. Elle était arrivée à 6 heures, les traits tirés et mal coiffée. À l'inverse de moi, cette fille n'avait pas beaucoup de résistance. Je lui en avais fait « gentiment » la remarque :

— Ce n'est pas le moment de s'effondrer, ma petite.

Ce matin, dans son état de fatigue et pas maquillée, elle faisait bien ses trente-six ans. Elle n'était pas très fringante, la « pute à flics ». Il y avait eu tellement d'appels qu'elle n'avait pas encore eu le temps de me servir un café, malgré mes demandes répétées. Aussi, il avait fallu que je le prépare moi-même, comme si je n'avais que ça à faire. Je lui avais bien fait sentir mon agacement.

Personne n'aurait voulu manquer le briefing fixé à 10 heures. Ils étaient tous dans l'attente de ma réaction, après les révélations du journal.

— J'ai besoin de policiers motivés, avais-je affirmé en préambule.

Pourtant, nous n'avions pas grand-chose de plus qu'hier. L'homme restait insaisissable, une énigme. Il n'était évidemment pas question de reconnaître que ce fumier avait repris l'avantage. J'avais seulement concédé que la publication de ces informations devait nous « inciter au maximum de vigilance ». À travailler encore plus.

— Et surtout, messieurs, ne baissez pas les bras… C'est aujourd'hui que tout va se jouer.

J'avais insisté sur la nécessité absolue de nous concentrer sur la surveillance et la protection des « individus » figurant sur la photo de classe, et j'avais annoncé que, pour cela, j'avais obtenu des moyens supplémentaires.

— Ils ne risquent rien ou notre homme est alors trop fort ! Et soyez certains, messieurs, que je suis absolument convaincue du contraire. Je suis même certaine que nous l'aurons dans les heures qui viennent. Il nous manque encore le dernier petit détail qui le fera plonger.

Je leur avais ensuite expliqué à quel point cet article allait nous servir. Il avait déjà provoqué de nombreuses dénonciations. Mes consignes étaient on ne peut plus claires : aucune piste ne devait être négligée. Toutes devaient être vérifiées car, dans le tas, il y aurait peut-être notre homme.

— Ce n'est pas le moment de baisser la garde, messieurs. Car, après ces publications dans le journal, tout semble indiquer qu'il a l'intention d'en finir rapidement. Aujourd'hui, j'en suis sûre. Ne le laissez pas nous humilier. Je vous le répète une dernière fois : ne me décevez pas !

Quand il s'agit de motiver une équipe, reconnaissez qu'il n'y a pas meilleur que moi. Puis j'avais ajouté :

— Des questions ?

Aucun n'en avait, quand, à l'étonnement général, Rachel avait rompu le silence qui accompagnait la sortie de mes hommes. Ce n'était pourtant pas le moment, mais cette fille avait toujours besoin de se faire remarquer.

— Oui, Rachel. Vous voulez peut-être nous demander si quelqu'un veut un café !

Ma réflexion avait déclenché l'hilarité de ceux qui étaient restés, c'était bon de rire, surtout après un briefing aussi long et tendu. Mais la fille ne s'était pas démontée :

— Ce n'est pas une question, mais une remarque, si vous le permettez, madame.

Tout le monde avait pu noter que j'avais le sourire aux lèvres. J'avais ajouté avec ironie :

— Nous vous écoutons avec attention, Rachel. Je le permets.

— Voilà… Il y a une personne que nous avons oubliée sur la photo de classe.

— Ah bon ! Et qui donc ?

— Mais la maîtresse, madame !

Je l'avais laissée s'enfoncer. Au moins, si ça pouvait lui servir de leçon… devant tous.

— La maîtresse ?

— On l'a oubliée ! Nous nous sommes concentrés sur les enfants et nous avons oublié l'institutrice.

Ceux qui étaient encore là avaient mal pour elle. Ils s'attendaient à ce que je me défoule sur cette malheureuse. Elle faisait vraiment de la peine, la pauvre fille. Aussi, je n'avais pas daigné répondre et j'avais fait signe à mes inspecteurs de se disperser. Une fois revenue dans mon bureau, j'avais mis les choses au point avec elle. Nous prenait-elle pour des imbéciles ? Bien sûr que la vieille dame avait été identifiée par les policiers du 15e. Elle aussi aurait droit à une surveillance permanente.

— Mais franchement, ma petite, il y a dans cette enquête d'autres priorités que cette vieille dame. Je ne la vois pas en prochaine victime. Rachel, contentez-vous de remplir votre travail de secrétaire, ce qui veut dire répondre au téléphone, prendre les messages et servir mon café quand je vous le demande. On ne joue pas aux policiers quand on est secrétaire. Ne vous mêlez pas de ce qui vous dépasse. C'est le dernier conseil que je vous donne pour aujourd'hui. Mais tenez-vous-le pour dit !

— Oui, madame le commissaire divisionnaire.

— Bien, Rachel.

Si elle n'avait pas des fesses aussi magnifiques, il y a longtemps que je m'en serais débarrassée… Mais j'avais, dans l'immédiat, une autre préoccupation : qu'attendait ce fumier pour passer à l'acte ?

Dimanche, 11 h 30.

Mme Raymonde Dussart ne savait pas dire non à son fils. C'était, du moins, ce dont elle était intimement persuadée. Elle n'avait fait que le gâter sa vie durant, sans jamais rien lui refuser. « Une vraie mère poule, voilà ce que je suis », disait-elle régulièrement à son fils. « J'ai sacrifié ma vie pour toi, mais je ne le regretterai jamais », ajoutait-elle sans le moindre reproche. Au contraire, il y avait tant d'amour dans ces mots que son petit l'embrassait tendrement. Sa maladie y était sans doute pour beaucoup. Quand il avait été frappé par cette foudroyante attaque de polio à douze ans, elle avait accepté sa punition. Il n'était pas question qu'elle pleure, qu'elle s'apitoie sur son sort. Elle avait lutté avec lui, pour lui, avec rage et détermination.

Elle n'avait pas voulu qu'il soit le seul à souffrir, et elle avait pris plus que sa part de douleur. Sans son sacrifice quotidien, que serait devenu le pauvre enfant ? Au moins, aujourd'hui, c'était un fils comme toutes les mamans en espéraient un, gentil, attentionné, avec une brillante situation. Certes, il était encore célibataire mais, comme elle disait, « il vaut mieux ne pas être marié que mal marié ». Elle en savait quelque chose, elle qui avait tant souffert avec le père de Julien. Au moins, elle était parvenue à l'éloigner de son fils. « Il nous a abandonnés quand tu avais deux ans », avait-elle expliqué à son petit, qui s'en était satisfait. Jour après jour, elle l'avait élevé dans le dégoût de ce père absent qui, lui avait-elle affirmé, la battait. « Dieu sait où il est aujourd'hui, mais ça ne doit pas être bien brillant. »

— Je préfère ne pas savoir, lui avait-il dit un jour.

Depuis, l'existence de ce père n'avait plus été un sujet.

Aussi, quand son Julien avait appelé pour annoncer qu'il passerait dîner ce soir, un dimanche, elle avait à peine protesté :

— Je n'ai pas pris de poulet, il va falloir que je ressorte. Et elle avait seulement ajouté : J'espère qu'il lui en reste encore.

« Il », c'était M. Charlet, son boucher de la rue de Vaugirard. Pourtant, cet appel avait bousculé ses habitudes, car sa semaine était organisée autour de leur dîner hebdomadaire du mardi soir. Mais comment une maman pouvait-elle résister à un fils qui tenait absolument à la voir avant « une nouvelle mission en province ».

— Ton ministre te tuera, avait-elle plaisanté.

— Il y a des missions qui ne se refusent pas, avait-il répondu gravement.

Dans ces moments-là, elle ressentait une grande fierté. Son sacrifice n'avait pas été vain.

— À ce soir, ma maman d'amour.

— 7 h 30, avait-elle poursuivi, mais il avait déjà raccroché.

Son fils était comme tous les jeunes d'aujourd'hui : toujours pressé. Mais il lui donnait tant d'amour, qu'elle aurait eu tort de se plaindre. Peu de mamans ont cette chance. À la hâte, elle s'était rhabillée et recoiffée car elle ne voulait pas sortir en tablier. Elle n'aurait pas supporté qu'on pense que Mme Dussart se laissait aller. Elle ne l'avait pas fait du temps de sa maladie, alors ce n'était pas aujourd'hui qu'elle sortirait « comme une pauvresse ». De même qu'elle n'avait jamais accepté qu'on la plaigne, une femme seule avec un enfant infirme.

Son fils n'était pas un infirme. Combien d'enfants avait-elle mouchés et humiliés parce qu'ils traitaient son petit de « boiteux » ? Boiteux, il ne l'était plus ou si peu. En tout cas, ce n'était pas cette légère infirmité qui l'avait empêché de faire carrière, au contraire de certains de ces pouilleux qui n'avaient rien réussi dans leur vie. Elle les pistait et quand il lui arrivait de croiser l'une de ces « saloperies » dans le quartier, elle ne se privait jamais de se rappeler à leur bon souvenir. Car la bonne Mme Dussart avait gardé en mémoire les noms de tous ceux qui s'étaient moqués de son fils. Ce n'était pas de la vengeance, elle remettait seulement les choses au point avec ces morveux, au nom de tout ce qu'ils avaient fait endurer autrefois à son petit, quand il n'était pas en état de se défendre à cause de sa patte folle. Ils avaient beau la dévisager, éberlués par cette haine déversée tant d'années après, dire qu'ils ne comprenaient pas de quoi elle parlait, la traiter de « vieille folle », elle touchait là où cela faisait mal.

La retraite avait cela de bon qu'elle avait eu le temps de rassembler des dossiers sur chacun d'entre eux. Avec patience, elle leur réglait leur compte, les uns après les autres. Elle se nourrissait de ragots, de rumeurs, et elle n'était pas mécontente d'avoir détruit quelques couples. Une femme n'aime jamais apprendre qu'elle est cocue…

Bien sûr, Julien n'en avait jamais rien su, le pauvre petit. Il était tellement gentil. Il l'aurait grondée.

En rentrant, elle avait trouvé, glissée sous sa porte, une lettre lui enjoignant de passer ou de se signaler au plus tôt auprès du commissariat du 15e. Elle verrait ça plus tard et elle avait rangé le papier dans le tiroir de la commode, dans l'entrée. Avant, elle devait faire son ménage. Comme son fils, elle ne supportait pas le désordre et la saleté. Et son appartement était dans un état…

À midi pile, elle avait déjeuné de deux œufs au plat, d'un morceau de camembert et d'une pomme. Puis, elle avait suivi les informations sur la première chaîne. C'était drôle comme l'homme qu'on recherchait ressemblait à son fils, elle s'était promis de lui en parler ce soir, cela l'amuserait sûrement.

Elle s'était assoupie quelques minutes devant Michel Drucker. Tous les jours, en début d'après-midi, elle s'accordait quelques minutes de repos, elle avait tant de travail maintenant avec son ménage et sa cuisine qu'elle en avait oublié le mot rangé dans la commode.

Dimanche, 13 h 02

Luan avait bien essayé d'attirer l'attention de son oncle. L'homme du journal était là. Pour la première fois depuis qu'elle travaillait aux *Délices de Chine*, il était resté à déjeuner, seul, assis à la table du fond. Elle lui avait servi la même chose que d'habitude : trois nems, un bœuf aux oignons, un bol de riz blanc et un sachet de nougats mous. L'homme du journal relevait la tête entre deux bouchées et la cherchait des yeux au milieu des clients. Quand leurs regards s'étaient croisés, elle n'avait répondu que par un sourire, car, soudain, il lui avait paru inquiétant.

C'était pour cela qu'elle avait essayé d'attirer son

oncle dans l'arrière-boutique, pour lui montrer le visage de l'homme sur le journal. M. Fu Seng saurait quoi faire. Mais il l'avait envoyée balader. À cette heure-là, avec tout ce monde en boutique, un dimanche en plus, ce n'était vraiment pas le moment. Et quand ce fut le moment, le boiteux était parti depuis longtemps, après lui avoir glissé dans la main vingt centimes d'euros de pourboire que son oncle avait immédiatement réclamés.

La main toute fine du boiteux l'avait à peine effleurée. Elle avait dit « merci », l'un des rares mots qu'elle prononçait correctement en français, et elle avait souri.

L'homme du journal avait souri à son tour, et pour la première fois, lui qui avait le regard si fuyant d'ordinaire, il l'avait fixée pendant quelques secondes. Elle l'avait vu s'éloigner en direction de chez lui. Il s'était retourné encore, cherchant son sourire derrière la vitre du restaurant. Elle était en train de disposer des nems mais, aujourd'hui, elle n'avait pas dégrafé le haut de son chemisier imprimé, comme elle en avait pris l'habitude pour faire plaisir à l'homme du journal.

En début d'après-midi, le calme était enfin revenu dans la boutique. Cependant, elle devait encore nettoyer la salle, tandis que M. Fu Seng et la fille cuisinaient dans l'arrière-boutique. Ensuite, elle pourrait prendre quelques minutes de repos. Quelques minutes seulement. Le dimanche était leur meilleur jour de la semaine et M. Fu Seng n'aimait pas les paresseux.

Cependant, le visage du boiteux continuait à l'obséder, et elle était revenue à la charge auprès de son oncle. Elle avait dû attendre qu'ils finissent leurs petites affaires avant de pousser la porte de la cuisine. La fille, qui s'était déjà remise à rouler des nems, l'avait regardée entrer d'un œil torve et vaguement méprisant mais son oncle, une fois n'était pas coutume, l'avait écoutée. Elle était certaine que l'homme du journal était celui qui avait déjeuné à la table du fond. M. Fu Seng avait longuement examiné le journal, fait appel à sa mémoire, et demandé à la fille si ça lui disait quelque chose. Elle s'était contentée de répondre : « Non. »

— C'est lui, mon oncle. J'en suis sûre.

— Que veux-tu qu'on fasse ? J'ai pas envie d'aller à la police, moi. Si ce n'est pas lui, on ne va s'attirer que des ennuis. Nous n'avons pas besoin de cela. Surtout toi, dans ta situation…

M. Fu Seng s'était surpris lui-même : il était presque ému par les larmes de sa nièce.

— Luan, tu dois comprendre qu'on ne peut pas se faire remarquer dans ce pays. Ils vont fouiller dans nos affaires. C'est jamais bon. Je préfère qu'on ne se mêle pas de ça pour le moment, avait-il déclaré, catégorique.

La fille avait voulu faire son intéressante :

— M. Fu Seng a raison. Il faut toujours se méfier des Français. Mais si tu veux retourner en Chine, va à la police. C'est direct Pékin !

Elle avait tendu les deux bras, mimant la reconduite à la frontière, les menottes aux poignets.

— Tais-toi ! l'avait coupée M. Fu Seng.

— C'était pour l'aider, avait protesté la fille. Elle est trop bête pour comprendre.

— Tais-toi, je te dis.

Pour calmer les larmes de Luan qui avaient fini par l'agacer, il avait ajouté avec fermeté :

— S'il revient, promis, on appellera la police. Allez, au travail, maintenant.

— J'ai besoin de sortir quelques minutes, mon oncle.

— D'accord, mais quelques minutes seulement. Les gens vont arriver et je veux quelqu'un en boutique.

Cela signifiait que, pour lui, le débat était définitivement clos et que Luan n'avait pas intérêt à revenir dessus. M. Fu Seng voulait continuer à prospérer dans l'ombre. Luan avait marché en direction du commissariat, le journal à la main. C'était plus fort qu'elle, il fallait qu'elle révèle où habitait l'homme du journal. Mais, à cet instant, alors que le commissariat n'était qu'à quelques dizaines de mètres, elle s'était arrêtée, observant de loin le policier en faction.

Dimanche, 16 h 17.

L'appartement sentait bon la cire d'abeille, et Julien aimait tant cette odeur qui lui rappelait son enfance. Elle s'apprêtait à passer l'aspirateur, qu'elle avait sorti de la penderie, quand on avait sonné à sa porte, un coup long et insistant.

Elle avait pris le temps d'ôter son tablier avant d'aller ouvrir. Elle n'avait jamais de visite, et encore moins le dimanche après-midi. Elle s'était approchée sans bruit et, par le judas, avait vu un homme qui lui avait paru jeune, accompagné de deux policiers en uniforme.

— Madame Dussart !

— Oui… Qui est là ?

Elle le savait bien.

— La police, madame, avait répondu une voix toute jeune.

Elle leur avait proposé un café, qu'ils avaient préféré refuser malgré son insistance.

Elle était déçue. C'eût été pourtant l'occasion de faire marcher la machine à espresso que Julien lui avait offerte l'an passé, pour la fête des Mères. Le café était mauvais pour son cœur et elle ne buvait que du Ricoré, mais elle n'avait pas voulu en parler à son fils de peur de l'inquiéter. De toute façon, il n'était pas question qu'elle l'ennuie avec ses problèmes de santé. Le pauvre petit n'aurait pas supporté et il avait bien d'autres préoccupations par ailleurs. Aussi, elle faisait marcher la machine plusieurs fois par semaine et vidait le contenu de la tasse dans l'évier. Son petit était si content de l'approvisionner régulièrement en capsules aux parfums différents.

— Vous faites le ménage, avait remarqué le jeune homme en montrant l'aspirateur. Ça sent bon la cire.

— Comme tous les dimanches, avait-elle menti.

Elle n'aimait pas cette visite. Elle n'aurait pas su dire pourquoi mais elle n'y voyait rien de bon. Le policier en civil qui s'était présenté sous le nom d'Étienne Larqué n'avait pas voulu affoler la vieille dame. Elle paraissait si fragile qu'il s'en était tenu à l'essentiel : la police était à la recherche d'un homme d'une trentaine d'années, soupçonné de quatre assassinats. Son cœur se serrait chaque seconde un peu plus au fur et à mesure que le jeune homme donnait des détails de l'affaire. « Du moins, ce qu'on a bien voulu nous indiquer », avait-il précisé.

Elle s'était bornée à répéter qu'elle ne comprenait toujours pas pourquoi ils étaient venus chez elle. Le policier lui avait alors présenté la photocopie d'une vieille photo de classe.

— Cela vous rappelle sûrement quelque chose, avait-il poursuivi.

— Ma classe de CM2 ! s'était-elle exclamée.

— En 1986. Vous reconnaissez la petite fille, là ?

Bien sûr qu'elle avait reconnu cette petite garce de Sylvie Burgaud. Une de celles qui s'étaient acharnées le plus sur son fils infirme. Celle qui avait été assassinée quelques semaines plus tôt. Elle ne l'avait pas regrettée, celle-là.

— Attendez voir… S'il fallait que je me souvienne du nom de toutes mes élèves…

— Sylvie Burgaud, madame.

— Je me souviens, maintenant…

— Elle a été tuée par notre homme au mois d'avril.

— Non, c'est pas possible ! Elle est morte ?

— Malheureusement, oui. De trois coups de couteau.

— La pauvre petite.

Un policier en uniforme l'avait aidée à s'asseoir.

— Ses parents doivent être plongés dans le malheur. C'était leur fille unique, si je me souviens bien. Des parents remarquables. Cette petite comptait tellement pour eux. Pauvres gens… Mais je ne vois toujours pas le rapport avec moi.

Comment leur avouer que la mort de cette garce l'avait réjouie ? Qu'il y avait une justice immanente sur cette terre ?

Le jeune homme lui avait alors expliqué que les enquêteurs pensaient que la prochaine victime était sur la photo.

— Les malheureux petits ! Je les reconnais tous, comme si la photo avait été prise hier…

— Sans vouloir vous inquiéter exagérément, vous y figurez aussi, madame Dussart.

— Je ne suis qu'une vieille dame. Je ne crains rien, croyez-moi.

— Nous partageons votre avis, madame Dussart, mais nous avons pour mission de prévenir et de protéger tous ceux qui sont sur la photo.

Il avait désigné les deux policiers en uniforme, qui n'avaient pas prononcé un seul mot, sauf pour refuser le café qu'elle leur avait proposé.

— Ces deux policiers sont chargés de votre sécurité. Aussi, ne soyez pas étonnée de les trouver devant votre domicile. C'est juste une précaution, madame. Rien de plus.

Puis, le jeune policier lui avait montré le portrait de l'homme qui ressemblait étrangement à son fils, celui qu'elle voyait depuis des semaines dans le journal avec, à chaque fois, un pincement au cœur.

— C'est l'homme que nous recherchons.

— Il a l'air si inoffensif.

— Certainement, mais il a quatre meurtres sur la conscience. Ça vous dit quelque chose ? Vous le reconnaissez ? avait-il insisté.

Le portrait en main, elle avait fait mine de réfléchir.

— Franchement… non… Il ressemble à tout le monde et à personne. Vraiment, je ne vois pas.

Elle n'allait quand même pas leur dire que cet assassin était le portrait craché de son fils.

— Si un détail vous revient, n'hésitez pas, mes hommes sont en bas.

Puis, le policier avait posé sa carte sur la commode

et avait attrapé sur l'étagère une photo de Julien enfant, un ballon de football entre les mains.

— C'est mon fils, s'était-elle empressée de dire. Et elle avait ajouté avec fierté : Il est haut fonctionnaire au ministère des Finances.

— Félicitations, madame, avait-il répondu en reposant le cadre.

Avant de refermer la porte, il avait tenu à préciser :

— Surtout n'ayez pas de craintes, madame. C'est juste par précaution et ça ne devrait pas durer longtemps.

Ils étaient déjà partis, et elle n'avait pas eu le temps de leur souhaiter une bonne fin d'après-midi. « Ils ne font pas un métier bien amusant », avait-elle pensé en les observant par le judas, devant l'ascenseur.

À peine s'étaient-ils éloignés qu'elle avait appelé son fils. Il était chez lui où il travaillait, le pauvre petit, sur son déplacement en province. Elle lui avait raconté par le menu le passage des policiers.

— Tu te rends compte, ils sont deux devant la porte d'en bas.

Elle avait pu les apercevoir en se penchant par la fenêtre.

— Tu n'as pas d'inquiétude à te faire, maman, l'avait-il rassuré en bon petit qu'il était. C'est juste de la routine. Tu devrais te sentir tranquille, au contraire.

— À ce soir.

— À ce soir, maman chérie.

— Sois prudent, mon petit.

À peine avait-elle raccroché qu'elle avait pris deux cachets d'Advocardyl pour calmer son cœur qui s'emballait.

Mais il était urgent maintenant qu'elle mette les

pommes de terre à cuire, des Noirmoutier à 6,50 euros le kilo. Sinon, la purée que son fils appréciait tant ne serait pas prête à temps.

Dimanche, 18 h 54.

La journée n'avait rien apporté de déterminant. Personne n'avait baissé les bras, ni ne voulait partir, pourtant, un étrange sentiment s'était emparé de mes enquêteurs. Ce sentiment désagréable pouvait se résumer à de la rage mêlée à de l'impuissance. Ils ne supportaient pas de sentir ce fumier à la fois si proche et si insaisissable, ils avaient tous les nerfs à vif, en raison des surveillances. Moi, bien loin de cette vaine agitation, je n'attendais que le coup de téléphone qui m'apprendrait que cet enfoiré avait tué une cinquième fois. Car, en dépit des moyens déployés, je savais qu'il allait encore nous battre, mais aussi que je gagnerais au dernier coup. Personne, pas même cette petite salope de Rachel toujours à l'affût de tout, n'aurait pu déceler le moindre signe d'impatience dans mon attitude. J'étais pourtant pressée de l'affronter enfin.

Cette certitude était née le jour où j'avais reçu la première lettre de ce malade. Je n'avais toujours pas compris pourquoi il m'avait choisie mais le fait était là. Il n'avait tué que pour m'atteindre et, après chaque assassinat, je le sentais se rapprocher de moi. Je n'en avais parlé à personne, je n'avais pas demandé de protection particulière. Et maintenant, en cette fin d'après-midi de dimanche de juin, j'attendais seulement qu'on apprenne un nouveau meurtre.

J'avais appelé Rachel rien que pour le plaisir de

vérifier qu'elle ne portait pas de slip sous son jean moulant. Elle était entrée avec une information « importante ».

— Importante ? Qu'y a-t-il de si important, Rachel ?

— Ça vient du commissariat du 20e.

— Donnez !

Le fax indiquait qu'une femme affirmait qu'elle avait reconnu le portrait-robot diffusé dans les journaux. « *Attendons instructions car la femme de nationalité chinoise ne parle pas français. Le témoignage paraît sujet à caution. L'individu ne possède pas de papiers et est probablement en situation irrégulière.* »

— Rachel, vous êtes stupide ou quoi ? Nous avons vérifié plus d'une vingtaine d'appels de ce genre, aujourd'hui. Tous étaient des conneries, même ceux qui paraissaient les plus dignes de foi. Alors ne m'emmerdez pas avec une Chinoise qui ne parle pas français. Répondez plutôt aux collègues du 20e qu'ils la défèrent au dépôt. Au moins, la journée n'aura pas été totalement perdue !

— Justement, madame le divisionnaire…

— Quoi, justement ?

— Dans sa situation, je ne serais jamais allée à la police. Au point où nous en sommes, nous pourrions peut-être envoyer quelqu'un.

J'avais éclaté de rire :

— C'est vous qui dirigez l'enquête, maintenant !

— Ça me paraît troublant, c'est tout, madame. Elle avait tout à perdre, cette fille.

— Bon, puisque vous décidez maintenant de la façon de conduire l'enquête, et comme nous nous tournons les pouces, envoyez Delmas.

Delmas était le plus con de mes flics.

— Avec un traducteur ?

— Avec un traducteur et aux frais du contribuable ! Bravo, Rachel !

Cette fille n'avait même pas compris que je me moquais d'elle… Elle était sortie en coup de vent. Après tout, peut-être portait-elle quelque chose sous son jean, j'avais repéré une légère zébrure sous sa fesse gauche.

Dimanche, 19 h 26.

Seule, assise dans le couloir, au premier étage du commissariat de l'avenue du Bel-Air, tout proche de la boutique, Luan attendait qu'on s'occupe d'elle. Elle avait fini par comprendre que quelqu'un qui parlait chinois allait arriver. Recroquevillée sur une chaise en métal vert, elle n'osait pas imaginer dans quel état de colère devait être son oncle, car la méchante fille devait l'exciter en lui répétant des horreurs sur elle.

Cela faisait maintenant plus de deux heures qu'elle patientait. Des policiers passaient et repassaient sans s'intéresser à elle, et ils avaient renoncé à en apprendre davantage. C'était rapidement devenu trop laborieux d'essayer de faire parler cette jeune Chinoise, qui ne cessait de désigner du doigt le portrait-robot du tueur sur le journal, d'un air de dire : « Je le connais. » Du gardien à l'entrée, aux policiers de permanence, elle avait paru si obstinée que, à défaut d'être totalement convaincante, ils avaient préféré informer la direction de l'enquête. Au moins, ils étaient couverts. Avec des gestes de la main, un homme en uniforme lui avait fait signe d'attendre et avait articulé lentement, à haute voix, comme si cela suffisait pour qu'elle comprenne :

— Une-dame-qui-parle-chinois-va-venir.

Elle avait d'abord cru qu'il lui disait de partir. Elle s'était levée en disant :

— Merci, monsieur.

C'étaient les seuls mots qu'elle prononçait correctement en français.

Le policier l'avait retenue. Il avait répété en détachant les mots et en désignant une chaise de métal :

— Non, vous, attendre ici. Compris ?

Elle avait incliné la tête en montrant encore une fois la photo du boiteux sur le journal. Et le policier l'avait forcée à se rasseoir :

— Toi, ma petite, t'as pas intérêt à nous avoir raconté des conneries parce que, sinon, c'est direct retour au pays. Et je te dis pas les emmerdes qui vont tomber sur ceux qui t'ont fait venir.

Elle n'avait rien compris à ce que l'homme venait de dire et elle s'était contentée de lui répondre par un sourire. Offrir son sourire désarmant, c'était ce qu'elle savait faire le mieux. En cet instant, après une aussi longue attente dans le couloir agité et bruyant, elle n'aspirait qu'à fuir, échapper à ce commissariat dont elle se sentait prisonnière. Cela eût été facile, mais, tétanisée par l'angoisse et effrayée à la pensée d'affronter son oncle, elle n'avait pas osé bouger et avait continué à attendre, n'ayant pour seule distraction que le va-et-vient incessant des policiers, indifférents à sa présence.

Une éternité plus tard, elle avait vu se diriger vers elle un homme d'une quarantaine d'années, un Blanc, accompagné d'une Chinoise en tailleur bleu. Jamais de sa vie elle n'avait eu aussi peur, même lorsqu'elle avait franchi les frontières de pays inconnus dans la remorque d'un camion. Les autres tremblaient, elle, non.

Dimanche, 19 h 30.

Maman habitait un trois pièces, rue Olier, dans le 15e. Je connaissais les moindres recoins de l'appartement et j'aurais pu le parcourir les yeux bandés sans heurter un seul meuble. Il y avait la cuisine en entrant à droite, le salon à gauche, puis sa chambre, la salle de bains et ma chambre au bout du couloir. Celle où j'avais passé tant de mois, allongé, sans pouvoir bouger, m'urinant dessus quand je ne pouvais plus me retenir. Maman, pour me « donner une leçon », refusait de changer les draps.

C'était un appartement classique, sans histoire, comme des milliers à Paris. Mais c'était celui où j'avais grandi et vous savez à quel point j'aimais m'y retrouver une fois par semaine, auprès de ma maman. Étant fils unique, cet appartement de 82,50 mètres carrés me reviendra à la mort de ma mère, un beau capital, vu le prix de l'immobilier dans la capitale.

Bien sûr, je ne vivais plus ici depuis de nombreuses années déjà, mais j'ai toujours gardé la nostalgie des moments que j'y avais passés auprès de ma maman. J'avais trente-cinq ans, quand même ! Et de quoi j'aurais l'air si j'habitais encore chez maman à mon âge ?

Comme vous le savez, je louais un deux pièces du côté de Nation, dans un immeuble agréable, un peu bourgeois, mais trop éloigné de chez elle, et elle s'en plaignait : « Mais, au moins, disait-elle, tu es à côté du ministère et, avec tes horaires, c'est beaucoup plus pratique. » Maman a toujours fait passer le sens du « pratique » avant toute autre considération.

Habituellement, je passais dîner chez maman le mardi soir. Un rendez-vous devenu si traditionnel, si immuable après tant d'années, si indispensable, que j'éprouvais un léger malaise et que je dormais mal, quand, pour une raison ou pour une autre, nous devions l'annuler. Cela s'était produit seulement cinq fois, en onze ans, mais trop souvent ces derniers mois pour les raisons que vous connaissez.

Aussi, ce dimanche matin, maman avait été très surprise de m'entendre annoncer que j'allais venir dîner. J'étais si proche d'elle que je l'avais sentie presque désarçonnée. Comme à son habitude, elle n'avait cependant rien laissé paraître, et elle n'avait pu que répondre :

— Comment je vais faire ? Je n'ai pas pris de poulet, au marché. Heureusement, il me reste des Noirmoutier.

Maman faisait ses courses tous les dimanches matin au marché de la rue de la Convention, où elle avait ses habitudes. Mais elle achetait le poulet, le mardi, chez M. Charlet, son boucher. « Je ne sais pas comment je ferai le jour où il ne sera plus là, disait-elle. Des bouchers comme lui, il n'y en a plus. »

Elle s'était rapidement reprise :

— Je vais ressortir. M. Charlet est encore ouvert à cette heure.

— Prends ton temps, maman, il n'est que onze heures moins le quart.

— Je file. À ce soir, mon chéri.

— À tout à l'heure, ma maman d'amour.

Elle adorait que je l'appelle comme cela. Mais elle était vraiment ma maman d'amour.

Nous ne parlions jamais très longtemps au téléphone. Je préférais, et elle aussi, les longues et complices conversations que nous avions pendant notre dîner hebdomadaire.

J'étais donc arrivé à 19 h 30 pétantes. Les policiers s'étaient réfugiés dans le petit hall de l'immeuble pour échapper à l'orage et aux trombes d'eau qui venaient de s'abattre sur Paris.

— Quel sale temps ! m'étais-je exclamé en m'arrêtant à leur hauteur. C'est vous qui êtes chargés de la surveillance de maman ?

— Vous êtes le fils de Mme Dussart ? avait demandé le plus jeune, un moustachu.

— Oui. Elle m'a prévenu cet après-midi qu'elle faisait l'objet d'une protection policière, aussi, je suis venu dès que possible. C'est une vieille dame, vous savez, il ne faut pas trop l'inquiéter.

— Soyez tranquille, avait tenu à préciser le moustachu, en réalisant que je n'étais pas rassuré. De ce que nous savons, votre maman n'est pas en première ligne sur cette affaire. Il faut prendre cela comme une simple précaution. Aussi, je vous conseille de passer au commissariat, ils vous en diront plus que nous. Mais il n'y a pas d'inquiétudes à avoir pour votre maman.

— Vous en êtes sûr ?

— Oui…, avait-il répondu. Elle ne craint rien, vous pouvez me croire.

— Merci, messieurs. Je préfère ça.

Ils s'étaient poliment écartés pour me laisser le passage.

— Allez-y, et surtout, rassurez votre mère. Elle ne risque rien.

Des braves types, ces deux policiers… J'avais négligé l'ascenseur pour prendre l'escalier. Je m'étais retourné à mi-étage, certain qu'ils me suivaient du regard.

— C'est bon pour les muscles !

— Monsieur est sportif !

— Footballeur ! avais-je lancé à voix haute en montant les marches.

Je serais bien resté à discuter avec eux mais j'avais trop hâte de retrouver ma maman. « Un, deux, trois, un, deux, trois. » J'avais compté mes pas en montant. J'avais gagné au deuxième étage et perdu aux autres.

Il restait un quart d'heure de cuisson. J'aimais tant la délicieuse odeur de poulet rôti qui s'échappait du four et enveloppait petit à petit l'appartement. Elle me rappelait l'odeur de mon enfance, lorsqu'elle s'insinuait jusqu'à ma chambre, au fond du couloir, alors que je ne pouvais pas bouger à cause de ma jambe. Maman faisait du poulet tous les dimanches soir et nous le finissions les jours suivants avec sa mayonnaise maison. Le poulet du dimanche était devenu « le poulet du mardi soir » depuis que j'avais quitté la rue Olier. Il n'avait jamais été question de manger autre chose que du poulet, et de la purée maison dans laquelle maman mélangeait tant de crème fraîche que c'était un pur délice. Seule l'entrée pouvait varier en fonction des saisons. Aujourd'hui, elle avait préparé une salade de tomates toute simple, avec un filet d'huile d'olive et quelques échalotes finement hachées. Maman pelait les tomates après les avoir trempées dans de l'eau bouillante. C'était un peu plus de travail, mais tellement meilleur. Et, comme dessert, elle avait cuisiné quatre tartelettes au chocolat fondant, quatre, car j'emportais toujours des parts de dessert, et, bien sûr, la cuisse et le haut de cuisse du poulet dans le Tupperware rose que je lui ramenais chaque semaine.

Le lendemain soir, j'achetais une grande portion de frites au *Burger King* de la place de la Nation et je dînais seul en regardant les actualités. Puis, j'attendais tranquillement que s'achève son feuilleton sur la troisième chaîne pour l'appeler et lui souhaiter une bonne nuit. Même si je savais qu'elle ne s'endormirait que très tard, après avoir avalé deux somnifères. Bien qu'elle n'en parlât jamais, je savais qu'elle avait du mal à s'endormir. Elle était vraiment une gentille maman qui ne voulait surtout pas inquiéter son petit. Et, depuis que je m'étais fâché, elle ne parlait plus jamais du jour où elle « ne serait plus là ».

Nous parlions de tant de choses qu'il m'est difficile de me souvenir de toutes. Je lui racontais par le détail ce qu'elle aimait entendre : le film que j'étais allé voir l'après-midi à l'UGC Normandie, la soirée passée la veille au soir dans une taverne de République avec mes amis. Même si elle ne les avait jamais rencontrés, maman adorait mes amis, surtout Michel et Nathalie, sa femme. Alors, comme je savais que cela lui faisait plaisir que je parle de mes amis, je lui avais raconté que Michel m'avait demandé d'être le parrain de son second enfant. Je crois que rien n'aurait pu lui procurer autant de bonheur.

— J'avais oublié qu'elle attendait un heureux événement, ton amie, avait-elle murmuré dans un soupir.

— Je t'en ai parlé mercredi dernier au téléphone. Tu perds la boule ! l'avais-je taquinée.

Elle avait à nouveau soupiré parce qu'elle savait que Michel était au chômage depuis plus d'un an et qu'il n'arrivait pas à trouver un emploi.

— Un enfant de plus, dans ces conditions, ce n'est pas très sérieux. Heureusement que leur couple est solide, avait-elle conclu.

J'avais ajouté pour la rassurer :

— Il a une piste chez Toyota. Mais rien n'est fait, car la concurrence est sévère dans son secteur.

— Dans quel monde vivons-nous, avait-elle encore soupiré.

« Dans quel monde vivons-nous ! » Combien de fois l'avais-je entendue se plaindre que la vie était trop dure pour les jeunes aujourd'hui.

— C'est le monde du chacun pour soi, maman.

— Quelle misère, quand même !

Heureusement que son fils avait une bonne place au ministère de l'Économie et des Finances. « Une bonne place », pour maman, c'était un salaire assuré jusqu'à la retraite, sans craindre d'être un jour sans emploi.

— Je crois que je ne pourrais pas supporter de te savoir au chômage, mon petit.

Je lui avais parlé de mon travail, passionnant. Du ministre avec qui j'avais traité un dossier sur la TVA des entreprises pendant plus de deux heures, mercredi matin.

— Il est comment, ton ministre ? m'avait-elle interrogé pour la millième fois.

— Un ministre, maman… Eux, ils passent et, moi,

je reste ! J'en suis déjà à mon sixième ! avais-je fanfaronné.

Pour son plaisir, j'avais énuméré la liste des six ministres avec lesquels j'avais déjà travaillé à Bercy. « Bercy », elle adorait quand je disais « Bercy ». Je lui avais aussi parlé de Muriel, mon amie, malheureusement mutée dans les services de la concurrence et des prix à Montpellier.

— Elle monte à Paris le week-end prochain. Elle s'ennuie tellement dans le Sud…

Mais maman ne poursuivait jamais sur le sujet car, à force d'expérience, elle avait appris que ce genre d'aventure ne durait jamais très longtemps avec moi. « Tu es un bourreau des cœurs », me reprochait-elle régulièrement au point de me faire rougir. Je savais qu'elle rêvait pour moi d'une vraie histoire, mais elle était aussi rassurée que je ne sois pas homosexuel. Elle n'aurait pas supporté cette honte.

— J'aurais dû en être, avais-je plaisanté un soir. C'est une vraie mafia, ils pullulent au ministère. Ça va devenir de plus en plus difficile pour un type normal de faire sa place dans la fonction publique.

— Dans quel monde vivons-nous ? s'était-elle encore plainte en découpant le poulet. C'était un couteau de marque allemande que je lui avais offert à Noël dernier, et que je m'étais appliqué à aiguiser avant de passer à table.

Elle m'avait servi une cuisse et le haut de cuisse sans sauce, mais avec de la peau bien craquante comme je l'aimais. Elle se contentait toujours d'une aile et d'un peu de blanc.

— Le soir, je n'ai pas beaucoup d'appétit, tu sais.

Mais, toi, mange, mon grand. C'est un poulet fermier ! avait-elle précisé.

Dimanche, 21 h 28.

Le lieutenant de police Frédéric Delmas, quarante-deux ans dont dix passés à la PJ, était considéré depuis longtemps comme l'un des flics parmi les plus bêtes de l'équipe, mais, comme tous les imbéciles, il était loin de s'en douter. Au contraire, il se prenait pour un policier compétent et indispensable. La preuve en était son avancement et les augmentations de salaire dont il avait bénéficié régulièrement, et cela suffisait pour qu'il croie être bien noté et apprécié par « les patrons ». Car, de plus, le lieutenant Delmas avait beaucoup de respect pour sa hiérarchie. « Un cireur de pompes », c'était ainsi qu'on parlait de lui au 36.

À son sujet, comme pour d'autres collègues, le commissaire divisionnaire Pont n'avait pas d'états d'âme : « Il faut bien des gars comme lui pour faire le boulot. En général, les imbéciles ne se posent pas de questions et, au moins, avec eux je n'ai jamais de mauvaises surprises. »

Le jour où le commissaire divisionnaire avait fait cet aparté, Rachel n'avait pu s'empêcher de se demander si sa chef la prenait aussi pour une imbécile.

Rachel avait pris sur elle d'appeler Delmas. Au téléphone, il ne s'était pas montré très explicite, se contentant de lui dire que « la piste semblait exploitable ».

— Tu veux que je te passe Pinpon ? avait demandé Rachel.

Elle avait sciemment dit Pinpon histoire de le provoquer un peu. Avec son respect pour les chefs, Delmas était l'un des rares flics à ne jamais appeler Sophie Pont par son surnom. Il était tellement raide dans ses certitudes, cet homme, on ne se moquait pas des chefs.

— Non, pas encore. On n'a rien de tangible, mais j'avance.

— Raconte !

— La fille n'a pas de papiers et ça va lui valoir une reconduite immédiate à la frontière. C'est bon pour les statistiques.

Il plaisantait à peine.

— Je m'en fous. Qu'est-ce qu'elle a dit ?

— T'es pas flic que je sache…

Delmas allait se fermer. Il était tellement buté qu'elle n'apprendrait rien. Elle avait dû le rassurer :

— Non, bien sûr. Mais c'est seulement pour savoir si je dois déranger la patronne.

— Bon, si tu veux…

— Alors, raconte !

— Écoute, pour résumer, la fille est persuadée que notre homme est un client régulier du restaurant de son oncle où elle travaille depuis un an. J'ai rarement vu quelqu'un aussi sûr de lui. L'oncle est beaucoup moins affirmatif. Vraiment, beaucoup moins. En deux mots : il ne l'a jamais vu.

— En deux mots…, n'avait pu s'empêcher de relever Rachel.

— Ouais, en deux mots, on a d'un côté une fille qui est affirmative et, de l'autre, un bonhomme qui ne sait rien.

— Un Chinois qui ne veut surtout pas d'ennuis.

— Là, t'as raison. Il est furax contre la petite. Il lui

a même dit que ce n'était pas la peine qu'elle se repointe au restaurant.

— Et qu'est-ce qu'elle a répondu ?

— Elle a montré encore une fois la photo et elle a répété que c'était lui le tueur. Je crois que si on ne l'avait pas retenu, son oncle lui foutait une baffe. Mais elle est têtue, la fille !

— Il n'y a rien d'autre ?

— Peut-être, on doit vérifier.

— Vérifier quoi ?

— Elle a dit qu'elle l'avait suivi un jour, à la sortie du restaurant. Mais comme elle ne sait pas lire le français, on n'a pas le nom de la rue.

— Qu'est-ce que tu attends pour lui faire refaire le chemin ! s'était emportée Rachel.

— Oh ! Tu te prends pour un flic ou quoi ? C'est pas une gonzesse qui va m'apprendre mon boulot. Bien sûr qu'on va la sortir, notre Chinoise. Mais avec cette pluie, ça s'annonce pas facile. On attend que ça se calme.

L'orage venait de toucher l'est de Paris.

— Une dernière chose, Frédéric.

— Ouais… Mais dépêche.

— Demande à la fille si elle a remarqué que le type boitait.

La Chinoise devait être à côté car Rachel avait entendu les échanges avec la traductrice. Delmas avait repris son portable pour dire sur un ton neutre :

— En effet, elle le surnomme le boiteux. Ça nous fait une belle jambe ! avait-il tenté de plaisanter.

Rachel n'avait pas pu s'empêcher de hausser la voix :

— Putain, Delmas, tu ne vois pas que c'est notre homme ! Je te passe tout de suite Pinpon.

— Attends !

Mais Rachel était déjà en train d'informer Sophie Pont.

— Passez-le-moi, avait simplement répondu sa chef.

Par la porte entrouverte, elle avait entendu Pont dire à Delmas qu'il faisait du bon travail mais qu'il ne convenait pas d'accorder plus d'importance que ça au témoignage d'une Chinoise en situation irrégulière.

— Continuez sur cette piste, lieutenant, mais pas question d'être ridicule.

Delmas semblait d'accord et Pont avait interrompu la conversation après lui avoir de nouveau recommandé de ne pas s'emballer.

Delmas était si bête et surtout si prudent que Rachel était certaine que sa chef avait sous-estimé l'importance du témoignage de la Chinoise. Rachel avait surveillé la lumière rouge sur le standard et avait constaté que la communication n'avait duré que quelques dizaines de secondes. Elle n'avait pu se retenir d'entrer dans le bureau de sa patronne sans s'être annoncée.

— Vous désirez ? l'avait interpellée Sophie Pont.

Rachel voyait bien que sa chef était agacée par son intrusion. Mais elle ne s'était pas démontée :

— L'enquête, madame. Je crois que Delmas est sur la bonne piste.

Sophie Pont, sans même la regarder, ni lui faire l'honneur de relever la tête, avait déclaré :

— Je vous le dis pour la dernière fois : mêlez-vous de ce qui vous regarde et surtout pas de cette affaire. Je vous l'ai suffisamment répété. Non ?

— Oui, madame le commissaire divisionnaire.

Rachel avait refermé la porte et était sortie, sans entendre son commissaire crier : « Rachel, laissez la porte ouverte ! »

Sophie Pont s'était levée, furieuse, décidée à se défouler sur elle, mais son assistante avait disparu.

Dimanche, 21 h 49.

Au dessert, j'aimais bien que ma mère me raconte des anecdotes sur mon enfance, comme le jour où, dans le bus, j'avais tiré la langue à une vieille femme assise en face de nous. « Elle est vilaine, la dame. Elle va mourir bientôt, hein, maman ? » J'avais tout juste quatre ans.

— Toi, tu as toujours eu la langue bien pendue, mais franchement, ce jour-là, je ne savais pas où me mettre. Nous sommes descendus au premier arrêt. Je n'ai pas pu te gronder, tu étais tellement mignon. Nous avons ri, mais ri !

Maman était allée dans sa chambre chercher l'album avec toutes mes photos de classe, tandis que je fixais le beau couteau bien effilé, posé sur le bord de l'évier, à quelques centimètres de moi.

C'étaient les moments que je préférais, quand nous feuilletions l'album en essayant de retrouver les noms de mes camarades de classe, quand nous classions, en gloussant de bonheur, les « bons garçons », les méchants, les imbéciles. Maman les reconnaissait à chaque fois mieux que moi et je m'étonnais de sa si belle mémoire. Je n'avais pas beaucoup aimé ces années d'école, et pourtant, en les revivant avec maman, j'avais la nostalgie de mon enfance avec, presque, l'envie de pleurer. Mais maman aurait été contrariée et je m'étais contenté de l'embrasser tendrement sur le bout des doigts. À son tour, elle sentait monter l'émotion, mais, comme il n'était pas question qu'elle se laisse aller, elle s'était tournée pour préparer mon Tupperware, tout en parlant d'un certain Berlier qui m'avait enfermé un jour dans les toilettes de l'école.

— Je me souviens bien, avait-elle poursuivi, tu étais en CM2. Tu étais premier de ta classe et ce salopard avait voulu te punir d'être le meilleur. Il n'a pas dû devenir grand-chose, celui-là… de la graine de canaille.

En CM2, maman était la maîtresse de la classe, et les autres, Berlier en tête, me traitaient de chouchou sous prétexte que maman me donnait des bonnes notes. Je jure sur sa tête qu'elle ne m'a jamais avantagé. Maman, toujours bien notée par les inspecteurs d'académie, avait acquis, en quarante ans de carrière, une réputation d'intransigeance et d'irréprochabilité. Une institutrice comme, malheureusement, on n'en fait plus, de l'ancienne école et dont on se souvient avec tendresse toute sa vie.

— Tout va bien, mon petit ? Tu n'as pas d'ennuis au moins ?

Ce furent ses derniers mots.

Quand elle s'était retournée à moins d'un mètre de moi, j'avais le couteau en main.

Elle souriait, peut-être encore à la pensée de ce Berlier. Elle ne s'était pas étonnée et n'avait pas prononcé un mot quand je lui avais enfoncé la lame dans le cœur. Je lui avais porté un deuxième coup dans le ventre, bien que je sache que le premier était déjà mortel. Elle s'était effondrée sur le carrelage en lâchant le Tupperware. Le haut de cuisse et le pilon du poulet s'étaient échappés de la boîte et se mêlaient au sang qui sortait en abondance des deux entailles.

J'avais refermé l'album, posé le couteau dans l'évier et attrapé un torchon. Je m'étais baissé pour imbiber le tissu du sang de maman, et, sur la porte d'entrée, j'avais tracé un immense 2 avec son sang. Un 2 si grand que j'avais dû m'y prendre à trois reprises.

Je m'étais lavé les mains, j'avais éteint les lumières, tiré la porte doucement derrière moi et descendu les trois étages à pied. Un, deux, un, deux, j'avais gagné à tous les étages.

Les deux policiers étaient dehors, car la pluie avait cessé. En approchant, je les avais entendus se plaindre que la relève ne viendrait qu'à minuit.

— Bonsoir, messieurs, m'étais-je contenté de leur dire, les obligeant à s'écarter.

Mais, tandis que je m'éloignais déjà, le plus jeune m'avait interpellé :

— Et votre maman, monsieur Dussart, vous voulez que nous montions la voir ?

J'étais revenu sur mes pas.

— Merci pour ce que vous faites pour elle, mais elle dort maintenant. Je lui ai fait prendre deux cachets. Il vaut mieux la laisser se reposer. Merci encore, vraiment.

— Nous sommes là pour ça, monsieur Dussart. Bonne soirée.

Je n'avais pu m'empêcher de répliquer :

— Elle le sera, merci.

J'avais pris le métro à Convention. Il y avait exactement 543 pas jusqu'à la station.

Je n'avais qu'un changement à Concorde pour rentrer chez moi. Combien de fois l'avais-je empruntée, cette ligne, pour venir dîner le mardi soir avec maman !

Ce ne fut qu'une fois arrivé sur le quai désert que je réalisai à quel point j'étais seul désormais. Plus de maman, pas de Michel, ni de Nathalie. Je ne serais le parrain de personne. La soirée d'hier, je l'avais passée seul au parc, et, cet après-midi, je n'étais pas allé au cinéma, je détestais ça. Je n'avais jamais travaillé avec le ministre, et je n'en avais même jamais croisé un. Je n'étais qu'un obscur fonctionnaire sans grand avenir. J'avais pris un congé sans solde sans que personne n'y ait vu le moindre inconvénient. S'en étaient-ils seulement aperçus ? Je n'avais pas de petite amie, non plus. Cette belle vie, cette vie rêvée, je l'avais inventée pour le seul bonheur de ma maman. Moi, je n'en avais jamais eu besoin.

Dimanche, 23 h 14.

Aurais-je dû encourager davantage Delmas sur la piste révélée par la Chinoise ? J'avais beau me dire qu'il s'agissait d'une piste comme nous en avions vérifié des dizaines ces derniers jours, plus j'y réfléchissais et plus j'avais le sentiment que « ça sentait bon », comme on dit chez nous, les flics. Cela avait été plus fort que moi : il avait fallu que je remette Rachel à sa place. Son arrogance m'avait tellement agacée. Que je sache, j'étais la patronne et une patronne n'a pas à s'expliquer… Et maintenant, cette pute à flics avait disparu. Elle m'avait désobéi.

J'avais directement rappelé Delmas, qui attendait

toujours que l'orage s'éloigne avant de sortir. C'était une question de quelques minutes.

— Allez-y maintenant, et tenez-moi informée minute par minute s'il le faut, lui avais-je ordonné.

— Bien, madame.

Delmas n'avait jamais contesté un ordre, surtout quand il venait de moi. C'était un policier comme je les aimais, obéissant et discipliné. Un policier aux ordres qui ne comptait pas ses heures et n'en profitait pas pour poser des récupérations.

J'avais à nouveau repris le dossier, examinant une à une les informations recueillies sur les individus figurant sur la photo de classe. Lequel avais-je bien pu croiser dans ma vie ? Je n'étais toujours pas parvenue à établir le moindre lien avec moi, mais je l'apprendrais forcément le jour où il éliminerait l'un d'entre eux. Il était inconcevable que je me sois trompée depuis le début. Pour une raison que j'ignorais encore, j'étais sa cible, et je ne le saurais que le jour où je me retrouverais face à lui. Ce moment était tout proche, il ne pouvait en être autrement.

J'avais rappelé Delmas. Le bruit des trombes d'eau sur le parapluie rendait la conversation presque inaudible. Pour l'instant, avec cette pluie, la fille ne reconnaissait rien. Ils étaient perdus dans les rues obscures du quartier.

— Continuez, m'étais-je contentée de répondre avant de raccrocher.

Allez savoir pourquoi, mais j'avais soudain porté mon intérêt sur le visage sévère de l'institutrice. Rachel, encore elle, ne nous avait-elle pas reproché de ne pas assez lui prêter attention ?

Le commissariat du 15e m'avait confirmé que deux policiers étaient en faction devant chez elle. Il n'y avait rien de particulier à signaler. Les identités de toutes les personnes qui s'étaient présentées avaient été vérifiées. Mme Dussart avait reçu la visite de son fils qui avait fait part de son inquiétude. Il était resté dîner avec elle et, à cette heure, « la vieille dormait ».

— Dites-leur de monter. J'ai besoin de lui parler, avais-je ordonné sans leur laisser le temps de répliquer.

Ils m'avaient rappelée quelques minutes plus tard. La vieille ne répondait pas.

— Forcez la porte !

J'étais en nage. Le maigre dossier la concernant indiquait qu'elle avait un fils d'une trentaine d'années, et qu'il habitait dans le 12e. J'avais aussitôt rappelé Delmas.

Je l'ai appris plus tard, mais l'inspecteur n'avait pas osé me dire que cette petite pute de Rachel était à ses côtés, car la Chinoise n'écoutait qu'elle. Ensemble, avec l'aide de la traductrice, elles avaient mené les policiers avec assurance dans les rues du quartier. L'inspecteur Delmas m'avait alors informé qu'ils étaient devant l'immeuble que désignait la Chinoise.

— Vérifiez qu'il y a un Julien Dussart et foncez. C'est notre tueur, m'étais-je contentée de lui ordonner.

Dimanche, 23 h 29.

La pointe du poignard glissé le long de ma cuisse était tellement aiguisée que je m'étais légèrement coupé en le retirant. Une petite tache rouge suintait déjà sous la poche droite. Il avait fallu que je me change, et j'avais choisi mon jogging Adidas gris perle. J'avais rangé le pantalon souillé dans le sac à linge sale, après avoir désinfecté la coupure avec de l'alcool à 60° et placé dessus un sparadrap. Puis, assis dans la cuisine, j'avais passé plusieurs minutes à encore aiguiser mon poignard, m'appliquant longuement à affûter la pointe. Si belle et tellement fine.

J'avais épinglé la photo de maman et la mienne dans les deux derniers rectangles. Je n'avais pas besoin de laisser d'autre message de victoire, car les six photos démontreraient à elles seules que la théorie de Frigyes Karinthy était juste et que j'avais gagné.

Torse nu, allongé sur mon lit étroit, j'avais posé la lame bien droite sur mon cœur, et j'avais appuyé sans avoir besoin d'y mettre toutes mes forces. De la main droite, j'avais pu encore inscrire le chiffre 1 sur mon front, avec mon sang. Dieu que c'était douloureux et long de mourir.

Avant de sombrer, j'avais entendu les coups violents donnés à la porte d'entrée, puis un grand fracas. J'avais vu s'avancer un homme de petite taille, un pistolet à la main, mais c'était une jolie jeune femme rousse qui s'était penchée la première sur moi. J'avais tenté de sourire, pour qu'elle me découvre triomphant, mais je n'en avais plus la force. Malheureusement, elle ne verra dans mon sourire qu'un rictus de haine.

Deux ans plus tard :
que sont-ils devenus ?

Le commissaire divisionnaire Sophie Pont a été félicitée en haut lieu pour la conduite parfaite de cette enquête. Elle a été élevée au grade d'officier de la Légion d'honneur. La presse continue à vanter ses grandes qualités.

Une indiscrétion parue dans le journal *Le Point* révèle qu'elle devrait se présenter aux prochaines élections législatives sur la liste de la majorité présidentielle.

Elle a démenti cette information qu'elle a qualifiée de « rumeur infondée ».

Rachel Lepetit est toujours l'assistante du commissaire divisionnaire Sophie Pont. Elle a passé sans succès le concours d'enquêteur. Elle partage sa vie avec Sylvain Josse, commandant au SRPJ de Versailles. Elle s'était pourtant bien promis de « ne jamais se mettre avec un flic ». Les femmes sont parfois surprenantes.

Luan a repris le travail dans le restaurant de son oncle. Elle a à peine progressé dans la pratique de notre langue. C'est sans doute pour cette raison qu'elle n'a pas répondu à mes lettres.

Hervé Bernard dirige seul l'étude de son père défunt. Il vient de se fiancer avec une certaine Émilie Labat.

J'ai aussi appris que la maman de Sylvie Burgaud avait été emportée par un cancer, deux mois après la mort de sa fille, soit quelques semaines après ma visite. Le vieux tient toujours le coup, malgré deux attaques cardiaques. Il est plus résistant que je ne le croyais. Il a vendu l'appartement du boulevard Victor en viager et vit dans un Hespérides à Vanves.

Quant à moi, j'ai, paraît-il, été sauvé d'extrême justesse. Je vous passe les détails, mais, d'après ce que les médecins m'ont dit, j'avais mal apprécié la trajectoire et la lame avait légèrement ripé sur le côté gauche du cœur en effleurant une côte. S'ils étaient arrivés quelques minutes plus tard, je serais sans doute mort.

J'ai été déclaré responsable de mes actes par les experts psychiatres. Mon procès commence demain et je suis impatient d'y être. J'ai plein de choses à raconter. Je suis incarcéré à la prison de la Santé et 124 pas me séparent du bureau du directeur.

J'ai la cote auprès de mes camarades de détention qui jouent avec moi à la théorie des six. Vous aussi, vous verrez, après avoir lu ce livre, vous ne pourrez pas vous empêcher d'y jouer.

Table

Jacques Expert
au Livre de Poche

Sélection de titres

Adieu n° 32934

2001, Châtenay-Malabry. Une mère, son fils et sa fille sont retrouvés assassinés à leur domicile. Le père est porté disparu. Les recherches s'organisent, sous la direction du commissaire Langelier. Un mois plus tard, une seconde famille est abattue dans des circonstances identiques. Là aussi le père est introuvable.

Ce soir je vais tuer l'assassin de mon fils n° 32206

Quand son fils est renversé par un chauffard qui a pris la fuite, Antonio Rodriguez jure qu'il le vengera. Tandis que l'enquête piétine, il suspecte un cadre supérieur de sa propre entreprise. Pourtant, un jour, les gendarmes l'informent qu'ils viennent d'arrêter le coupable.

Deux gouttes d'eau n° 33832

Une jeune femme est retrouvée morte dans son appartement de Boulogne-Billancourt, tuée à coups de hache. Elle s'appelle Élodie, et l'enregistrement d'une caméra de surveillance permet d'identifier son ami, Antoine Deloye, sortant de chez elle, l'arme du crime à la main. Immédiatement placé en garde à vue, Antoine s'obstine, malgré les évidences, à nier les faits. Il accuse son frère jumeau, Franck.

La Femme du monstre n° 31522

Quand elle l'a épousé, elle n'avait que 22 ans. Elle admirait sa force, son charme, n'en revenait pas qu'il ait pu la choisir. Quand la police est venue arrêter le monstre, le pays tout entier s'est soudain intéressé à elle.

Hortense n° 34585

1993 : Sophie Delalande est folle d'amour pour sa fille, Hortense, presque trois ans, qu'elle élève seule. Son ex-compagnon est un homme violent, auquel elle refuse le droit de visite. Un jour, il fait irruption chez elle et lui enlève Hortense. 2015 : Sophie mène une vie morne, solitaire. Un dimanche pluvieux, elle se fait bousculer par une jeune femme dans la rue. Persuadée qu'il s'agit d'Hortense, elle la suit.

Ne nous quittons pas n° 34952

Dans la chaleur de l'été et l'insouciance des années 1960, le petit Jacques et son père voient débarquer Brel et sa famille, parasols et matelas gonflables sous le bras. Une apparition qui va chambouler leur quotidien. Un roman touchant et plein d'humour, où l'auteur évoque son père avec une poignante nostalgie.

Qui ? n° 33324

1994, Carpentras. Laetitia, 10 ans, est violée et assassinée. 2013. À la télévision, l'émission « Affaires non résolues » revient sur le drame de Carpentras. Quatre hommes sont devant leur écran. Ce soir-là, ils se souviennent. Leurs épouses également.

Tu me plais n° 33835

Quand, par une succession de hasards, Vincent se retrouve assis face à Stéphanie sur la ligne 1 du métro parisien, la scène a tout d'une belle rencontre. La jeune femme tombe immédiatement sous son charme ; lui, semble fasciné par le galbe et la finesse de son cou. Mais ce coup de foudre pourrait bien se révéler fatal…

Du même auteur :

La Longue Peine, avec Emmanuel Laurentin, Calmann-Lévy, 1989.
Gens de l'Est, La Découverte, 1993.
La Femme du monstre, Éditions Anne Carrière, 2007.
Ce soir je vais tuer l'assassin de mon fils, Éditions Anne Carrière, 2010.
Adieu, Sonatine éditions, 2011.
Qui ?, Sonatine éditions, 2013.
Deux gouttes d'eau, Sonatine éditions, 2015.
Tu me plais, Le Livre de Poche, 2015.
Scènes de crime, Presses de la Cité, 2015.
Hortense, Sonatine éditions, 2016.
Ne nous quittons pas, Albin Michel, 2017.
Sauvez-moi, Sonatine éditions, 2018.
Le Jour de ma mort, Sonatine éditions, 2019.
Plus fort qu'elle, Calmann-Lévy, 2020.
Le Carnet des rancunes, Calmann-Lévy, 2022.

PAPIER À BASE DE FIBRES CERTIFIÉES

Le Livre de Poche s'engage pour l'environnement en réduisant l'empreinte carbone de ses livres. Celle de cet exemplaire est de :
400 g éq. CO_2
Rendez-vous sur www.livredepoche-durable.fr

Composition réalisée par PCA

Achevé d'imprimer en France par
CPI BUSSIÈRE (18200 Saint-Amand-Montrond)
en juin 2023
N° d'impression : 2072394
Dépôt légal 1re publication : octobre 2011
Édition 10 - juin 2023
LIBRAIRIE GÉNÉRALE FRANÇAISE
21, rue du Montparnasse – 75298 Paris Cedex 06

31/2870/9